U0682224

潘政祥 著

情会逝去 但我们必须留下

百花洲文艺出版社
BAIHUAZHOU LITERATURE AND ART PRESS

**图书在版编目（CIP）数据**

爱情会逝去，但我们必须留下 / 潘政祥著 . -- 南昌：
百花洲文艺出版社 , 2018.12
ISBN 978-7-5500-3116-6

Ⅰ.①爱… Ⅱ.①潘… Ⅲ.①长篇小说－中国－当代
Ⅳ.① I247.5

中国版本图书馆 CIP 数据核字 (2018) 第 263529 号

## 爱情会逝去，但我们必须留下

潘政祥　著

| | |
|---|---|
| 出 版 人 | 姚雪雪 |
| 责任编辑 | 郝玮刚 |
| 封面设计 | 当代出书网（http://www.csw66.com） |
| 版式设计 | 银川当代文学艺术中心图书编著中心 |
| 出版发行 | 百花洲文艺出版社 |
| 地　　址 | 南昌市红谷滩新区世贸路 898 号博能中心 A 座 20 号 |
| 邮　　编 | 330038 |
| 经　　销 | 全国新华书店 |
| 印　　刷 | 宁夏润丰源印业有限公司 |
| 开　　本 | 880mm×1230 mm　1/32　印张 7 |
| 字　　数 | 160 千字 |
| 版　　次 | 2019 年 1 月第 1 版第 1 次印刷 |
| 书　　号 | ISBN 978-7-5500-3116-6 |
| 定　　价 | 28.00 元 |

赣版权登字：05-2018-500

版权所有，侵权必究

网址 http://www.bhzwy.com
图书若有印装错误，影响阅读，可向承印厂联系调换。

# 引 子

一声低吟，一只孤独的鸟儿划破了黄昏天空的宁静。

一个身影在落满晚霞的窗前，夕阳斑斓的光泻在玻璃窗上，也涂在他的脸上。他叫王冬生，爷爷给取的名字，一直沿用至今，顾名思义，他就是在某个山村的某个冬天出生的，农村人的名字就像人一样总是那么朴实无华。

他把长长的视线收了回来，在口袋里塞窣了一阵子，摸出了支干瘪的烟卷……一股淡蓝色的烟雾，从未关严的窗缝飘向窗外。窗外的景色渐渐暗了下来，那股烟雾就格外地醒目了，仿佛无处着落又无处躲藏的记忆，在灰暗的天空中飘来荡去，久久地久久地不肯散去……

那是过去很久以前的事了，但记忆依然是那么的清晰——

一

　　有人总喜欢把自己突然想起一个人或一件事说成是出于感情的冲动，我认为却不尽然。这也许是每个人所处的生活境界不同、生活方式不同、个人经历也不同的缘故吧。但这些并不重要，而重要的是我的故事要如何开始，因为每个故事里都有导致该故事发生的另一个故事。

　　总之，从我对本故事的一无所知，到一知半解，直到有了以他为主人公的这个故事，之中丝毫不曾有过感情的冲动。而用较为适当的话来讲，应该是出于偶然。偶然是人所把控不了的。

　　他——一位曾在许多著名城市的竞技场上，得过许多鲜花与掌声的体育健将，外加一张俊美的脸蛋与一副无可挑剔的标准身材，又拥有最易发各种故事的年龄，是很招人眼目的。而在这种优越条件下所产生的故事，特别是爱情故事，更应该很浪漫、很令人艳羡。可他的故事却出乎意料地催人泪下、不堪回首，是一出彻底用泪与血交织成的悲剧。

　　我并不是希望用悲剧去赢得任何一位读者，我只不过是想借别人的真实经历写一段真实的故事罢了，如果各位看官有兴趣，就听我娓娓道来。

　　我之所以写他，当然就认识他。

　　我与他原本是中学时的同班同学，甚至还同桌过，虽谈不上有什么深厚的情谊，但那时在这座山区小镇的中学里，我自然也是他身后一大群追随者之一。我不善辞令，总喜欢把好恶隐藏起来，所以在追随者之中，我默默无闻。

毕业后，我们就各奔前程了。我经过一年的复读，考进了市师专。对于他我只是偶尔从其他同学那羡慕的言语里得知他曾受聘于某少体校，后来又得知他被部队来招兵的首长看中，在没有经过正规体检与政审的情况下，便穿上了国防绿，并深得器重红得发紫，甚至还得到过某副司令员的亲口夸赞，似乎前途非凡。再后来，事情却发生了质的变故。因为人们在谈论他时所流露的神色不单是以前所特有的仰慕了，而是有的翘起拇指，有的噤口不语，有的面有恨色，有的掉头不顾。他好像变得为有些人所不容，也为有些人所赞叹，而更多的还是为人们所惋惜怜悯。

逐渐地，他的名字仿佛一夜歌星奇迹般的从不同人的嘴里冒出来，我感到不可思议。人们为什么那么热衷于他？为什么他会成为一些毫不相干乃至素昧平生的人的热门话题？然而他又的确实实在在地像一件刚出土的稀世古董，让许多人为之感慨、为之激动、为之愤恨、为之厌恶。

讲故事就像是走楼梯，总得先找到一个安全可靠的落脚点才能一步一步地往上爬。那么，我从人们的言论中得知已有八年未曾谋面的老同学——王冬生的一些情况，可以讲是本故事的第一阶梯，而第二阶梯则是在同事张老师儿子的婚礼上。

有段时间里，学校几位城里的年轻教师经常会利用课余时间聚集在一起，神秘地讨论着张老师的儿媳，并夸赞得美妙绝伦、天下无双。我并没有见过被他们誉赞不已、艳羡不已的女孩，何况我已家有娇妻，故对此事只是淡漠地一笑了之。到了应邀参加她婚礼的那天，酒宴尚未开席，我即被那几位急不可耐准备一睹为快的年轻人拥簇着进了新房。刚跨进房门，我顿觉眼前一亮，我惊讶地发觉那女孩甚至比人们赞誉的更超群出众。她的美静如处子，且美而不艳，那种从她身上发出的淡淡的美，仿佛是微风从远处送来的一阵阵兰花的清香。可奇怪的是，她既无新婚时姑娘家的那种矜持与赧然，亦无姑娘家将为人妻时的那种柔情与蜜意，而是沉着一副姑娘家为自己深爱的恋人所摒弃时的那种特有的苍白苦楚的脸。那眼眶中荡漾着晶莹如玉般的泪水，是经过自己竭力压抑才不至于淌下来的。也许没有人在意她的这种神情，即便在意过，也会误以为这泪是幸福而导致的。可实际上，她比那捶胸顿足撕肝裂胆的嚎啕大哭还要痛苦、还要绝望。因为，我发觉在她的神情中所流露的是许多难言的恻隐与迫不得已的成分。

那时，我似乎预感到一些什么东西，但这种感觉就如雨后初霁的早晨被朝霞涂染后的雾气，朦胧而又遥远，遥远而又渺茫。

而当我避开众多发呆的目光带着众多的疑点悄然地从新房退出来时，迎面而来的是由于劳心过度而显得憔悴不堪的张老师。他一边拉着我往阳台方向走去，一边用红肿的双眼张皇着周遭，那松弛的肌肉还不时地在脸上痉挛般跳动着。

"……李老师，听说你认识王……王冬生……"他压低声音，结舌地问道。

王冬生？怎么又是王冬生？

"是的。"我不假思索地答道。

"什么关系？"

"一般同学。"

"有来往吗？"

"不，至今已整整八年未见过他了。"

"关系怎样？"

"没有什么交情，但也绝对没有红过脸吵过架……张老师，你问这……"

"李老师，求你一件事好吗？你也知道我是从来不求人的。可这次……我只有求你了……你可千万帮我这个忙……"

他说话时的这种紧张慌乱的神情是真实的，这种神情极易引起人的同情。

"张老师，究竟出了什么事？"我一头雾水。

"李老师，你也知道我儿子自小有残疾，又摊上棉纺厂这个破单位，再加上我们这帮穷教师既无权又无势，他的婚事一直是我最大的一块心病，如今不知我前世修来哪门子福，竟给儿子修来这么一位媳妇……我是害怕啊！其实也没什么……只是你若遇见王冬生，千万帮我劝劝他……"

"劝他？为什么？"我越发疑惑不解了。

"劝他……劝他以后别再来找杨小眉了，我来生给他做牛做马……"

"不是讲王冬生已被判刑了吗？"

"应该没有，他经常来找杨小眉，为了躲避，小眉已经有一个多月未去上班了。唉……"

"那杨小眉是谁？是您的儿媳妇？就是这……"我往婚房的方向指了指。

张老师沮丧地点点头，把头垂了下来。

我望着这黑白相间的头颅，并没有往下问。正是张老师这神经质般的慌乱，使我刚才在新房里感觉到的朦胧而又遥远的预感，一下子变得清晰起来。就仿佛那片雾气已经一点点开始散去，眼前也变得亮丽起来。

因为人们不难把王冬生与杨小眉联系到一起。

为了张老师的嘱托与更透彻地了解这故事中的情节，我很花费了一些时间与精力，但结果总令我大失所望。虽然我妻子俊敏的娘家所在的村与他所在的村仅隔溪相望，自己又是同学，有足够的理由与机会去探访他，可每每向旁人打听他，招惹来的却是意想不到的不屑的如锋芒般的目光。后来，却在一个非常偶然的机会，我终于见到了他。真是踏破铁鞋无觅处呀！

那是在星期天县城百货商场文化用品部拥挤的人群中。

"建民，快看，那不是王冬生吗？"妻突然抓住我的胳膊，尖叫道。

妻的尖叫声，引来许多惊疑的目光，但我并不去理会。

"什么……王冬生？在哪？"我如炬的目光，侦探般四下搜索着。

"你看……"妻指着人群中一个形象邋遢躲躲闪闪的背影，激动而又肯定地讲。

我挣脱妻颤抖的手，并逐渐向那个人影挤过去。

"冬生？"

"……"那个人机械地扭过蓬乱的头颅，抬起乱发中一双无神甚至于呆滞的眼睛，不敢相信地望着我。

果然是他……那浓眉，那大眼。

我激动地握住他的手，不管他愿不愿意。

他尽量向后躲闪，呆滞的眼光逐渐变成了惊惶。

"你……你认错人了吧……"他的神态一片茫然不安。

他就是昔日的王冬生吗？我的心底蓦然升起了一种从没有过的怜悯。

"冬生，我李建民啊，李建民……你还记得吗？"我一边把他往外拉，一边尽量解释道："老同学……李建民……我们还曾经同桌……"

"李建民……"他搔着头，似乎在努力寻找长远的淡淡的记忆。许久，他的双眼一闪，再仔细地审视着我，"哦，是你？你到过我家，找我有事？"

我见他终于还能想起我，心中不由一热。

"冬生，有空吗？"

"……我……"他双手不停地揉搓着已经褪了色满是灰尘的军装，依然那么不敢置信，不冷不热地说，"有什么事？"

这时，妻也从大楼里走了出来。

王冬生一见我妻，把头埋了下去，"俊敏……"

"我与俊敏想跟你谈谈杨小眉的事。"我抓紧机遇不失时机地说。

"什么？杨小眉？你也知道她？"他用枯瘦的双手猛地如铁钳般抓住我的双手，抬起瞬间瞪得奇大的双眼。

我望着他那似乎闪耀着两串磷光的黑幽幽的双眼，忍着疼痛，点了点头，并希望能挣脱他的双手，但没能做到。

"真的？在什么地方？你在什么地方见到她了？"

他那灰白的脸迅速潮红起来，浑浊的双眼也湿润起来，沉郁的心情激动起来。

"冬生，别急，能不能找个安静的地方，我们好好聊一聊。"

他沉思了一会。

"好吧。"他终于松开双手，脸上流露出甜甜纯纯的孩童般无邪的笑意。就仿佛一位穷家的孩子终于得到了一块盼望已久的口香糖。

我如去大敌，双手交替抚摸着，长长地呼了口气。

"还是到我家里吧，要么现在就去，到家的班车就快要开了。"俊敏抬起手腕，看了一眼时间接过话茬。

王冬生迟疑了一会，用请求的口吻说："今天不行，我在县城还有些事要办，明天怎样？"

"好，那就明天，明天我下午刚好没课，也正好想去看一下俊敏的父亲，我们就在俊敏家碰面吧。"

一

　　第二天，上完课，象征性地扒了几口饭，我就急急地赶往俊敏家。

　　下午一点钟左右，王冬生手里拎着一大兜水果急匆匆地闯了进来。

　　看得出来，来前他曾刻意打扮过，但这打扮后的样子，我实在不敢恭维。单看那身烫得笔挺的廉价西服，像架在衣架上，空荡荡的，明显是太过于做作了。唯有刚修剪的小平头，才硬给他残留一丝往日的清秀与刚毅。

　　他将水果往桌上一搁，就用急切的目光盯向我。

　　"建民，你讲的那个杨小眉是不是在县税务局工作？"

　　我迎着他那急切的目光，迟疑地反问道："难道还有第二个杨小眉？"

　　"不……建民，快告诉我，究竟是不是？"

　　我点点头。

　　他向前一步，伸手。

　　我连忙后退，将双手别在背后。我曾经吃过他激动的苦头，绝对不敢再把还隐隐作痛的双手伸给他去激动。好在他也似乎感觉到自己过于偏激了，不好意思地朝我笑了笑。

　　这时，妻正好从厨房出来，并迅速为我俩倒了两杯茶水。

　　"冬生，你快坐下了，喝茶。"

　　"谢谢。"王冬生接过茶，浅浅地抿了一口，然后擦了擦嘴角，又直冲冲地盯向我。

"建民，你是真的见到她了？"

"真的。"

"在什么地方见到的？她好吗？"

我故意慢条斯理地吹了吹茶水上的泡沫，再慢腾腾地抬起头来。

"冬生，在我回答你的问题之前，你必须答应我一个条件。"

"什么条件？"

"那就是你必须告诉我，杨小眉对你真的是那么铭心刻骨，那么重要吗？"

"如果上帝有一天要在我俩之间选择一个人必须去死，而结果又是她，那么我会义无反顾地求上帝让我去代替她。"

"那么我告诉你，我是在同校一位姓张的老师家见到她的。不过她好像过得并不好。"我一边讲，一边偷窥他的表情。

"张老师家？为什么？她在张老师家？她在张老师家干什么？"他似乎是在自言自语，但目光仍乞求般地落在我的脸上。

"冬生，别猜了，我是在张老师儿子的婚礼上见到她的……"

"婚礼？你讲的是谁的婚礼？"

"对。"

"是谁的婚礼？"

"是她的，她已经与……"

"什么？你讲什么？你是去参加她的婚礼……杨小眉的婚礼？"他猛地站了起来，双手如鹰爪般隔桌伸过来，抓住我的衣领，如拎小鸡一般。本来渐已红润的脸，倏又变得僵尸般苍白，目光中却似有团火焰燃烧起来。

"是的……她结婚了，就在三个月前……"他结结实实地揪着我的衣领，我真有些喘不过气来。

"你在骗我！"他咆哮道。

"骗你？为什么？"

他将我重重地往后一推，反手拼命撕揪着自己的衣领，歇斯底里地喊叫道："为什么？为什么？为什么是她的婚礼？为什么她要结婚？不！她不会与别人结婚的，她爱的是我……不……我应该想到的……总会有这么一天……"

他一下子瘫在椅子上，如一只泄尽气的皮球，双手插进发丛，目光充满重伤后的绝望。

"可怎么会呢？这个世界上除了我，她还能爱谁？不会的，一定不是的。建民，是不是你在开玩笑？快告诉我。是你在跟我开玩笑……"他不敢接受这个事实。

妻瞪了我一眼，扶住他不住抽动着的肩膀，安慰道："冬生，别这样，今天我们好不容易聚在一起，应该高兴才对。何况，我们已不再是学生时代，都已成年了，应该冷静地去对待所发生的一切事情。以前你是很有勇气的，今天不会因一个变心的女人而丧失吧。冬生，振作点……"

王冬生痛楚地抬起泪眼，信任地望着俊敏，然后抓住按在自己肩膀上俊敏的双手，找到依靠般的把头靠上去。

"俊敏，请你告诉我，这是真的吗？"

俊敏抽抽鼻子，深深地点了点头。

"呜——"他惨然哭出声来。俊敏被他的坏情绪感染了，背过脸，也抽泣起来。

我第一次听到他的哭声，这哭声悲惨而难听。

我怔怔地望着他，莫名地感到双眼模糊，两颊似有东西在爬行。我流泪了，这是男人比金子更贵重的泪，却不知为谁而流。

想不到一场同学八年后的聚会，一开始竟是这种场面。我吸溜了一下鼻子，摇了摇头，努力使自己平静下来。

"冬生，你他妈的不是男人，你过去的傲气与自尊呢，都他妈的被女人给掏空啦……"

我忽地从椅子上站起来，用手指不停地敲击着桌面。为人师表的我竟然会说出许多这等粗鲁的话，但我找不到更恰当的话。

王冬生抬起头，拿起茶杯，一饮而尽，一副世界末日的样子。

"建民，小眉她……她真的不快活吗？"

他努力克制住自己的感情，将泪水一抹。

"是的，她好比一朵受尽风雨摧残的鲜花。"

"她一定还爱着我，一定。我必须向她解释，请求她的宽宥，我一定要找到她，她在什么地方？建民，求求你，告诉我。"

"你果真还这么爱她？"

他的眼中闪着泪花，激动得又控制不了自己的情绪，就这么泪眼汪汪地用颤抖的声音对我说："我敢肯定，我第一眼就爱上了她，且爱得如此痴如此醉如此狂。但自从她哭泣着向我表白不幸的过去后，我沸腾狂热的心仿佛就掉进了寒冷的冰窖。我在那里边不停地呼救，不停地哆嗦，心中讲不出是怜是爱是恨，是不该有第一次相见，还是相见恨晚。"他不住摇头，好像要证实自己的话是真的。"总之，我不知道如何是好，心里充满矛盾，充满了痛苦……杨小眉的美，似乎是上帝赋予她的一种骄傲与幸福，但是，又为何还要赋予她懦弱的性格呢？因为她的美，就要让她承受男人的凌辱、玩弄、欺骗与遗弃？因为她的美，就不能给她一丝袒护与安慰？这公平吗？这世界还有公平可言吗？她的美是赋予整个人类的，可为什么因为她的美而带给她的痛苦就只能让她自个消磨……"

俊敏给他递了块湿毛巾，他擦拭了一下脸颊，又把脸捂了一会。

"你一定不会知道的，"他唉声叹气地接着说，"曾经是那么坚强的我，竟然会为一个女人哭成这个样子，被爱折磨得死去活来……建民，原谅我，刚才，我是太激动了。"

"冬生，别太责备自己，我理解你。"我用诚恳的语气对他说。

"建民，我现在想再向你证实一件事。"

"什么事？"

"那天的婚礼上，你见到小眉果真很忧郁？她说了些什么话呢？"

一讲到"小眉"这个名字，王冬生本能地情绪又激昂起来，他不得不用毛巾继续捂着双眼。

"你一定感到我很可笑，也很可悲，"他继续哀哀怨怨地说，"但你要知道，我已经把你当成了知心的朋友，因为从发生这件事到现在还只有你才这么耐心地听我说话。"

"冬生，谢谢你的信任。"我对他说，"如果你需要我做点什么，即便是一些微不足道的事，只要能减轻你心中哪怕一点点的痛苦，我会很乐意的。是的，当时小眉的神情很忧郁，眼底有抹受伤的神色。她也根本没有讲些什么，只是向众多的亲朋好友掀掀嘴角，我敢肯定那是种掩饰，是种应付。而这种竭力装出来的笑态，只有在极度痛苦的心情下才会有的。"

王冬生与杨小眉之间的故事，在我头脑里已有了个迷蒙的轮廓，但此时我却异常地想知道其中一些肯定是动人心魄的细节。因为这是我从一开始将他与杨小眉联系到一块时就有的最为主要的原由。

可能王冬生猜出了我的心思，因为他对我说："你想知道她为什么会痛苦如斯吗？"

我有种被人看穿秘密的尴尬，但还是点了点头，小心翼翼地说："你愿意告诉我吗？"

"只要你愿意听。"

他很干脆地回答我，他的眼光变成一种要彻彻底底看穿我的样子。

"建民，容许我再向你提个问题，她是不是很漂亮？她是不是像那种放荡不羁的女孩？我不想听你的恭维。"

"她简直是一位天使，与你一样，第一眼我就被她的美丽震慑住了。在我眼里，她的美丽是透明的，她是那种清纯无瑕的女孩。"

"谢谢。"他十分真诚地用感激的目光凝睇着我。

"谢我？为什么？"

"这难道也值得你惊疑吗？你就不以为你这样为什么是多余而又幼稚的吗？如果她对我来讲并不那么重要，我会听到你的赞誉，而心怀感激吗？"他有些不耐烦地讲。

我相信地望着他，望着他的神情，望着他的热泪。

"建民，请原谅我，我不该用这种口气对你讲话，但我克制不住自己。她是因我而消沉而痛苦的，你哪里知道，她曾经被我折磨得生不如死，我是多么的心狠手辣啊！而她受了天大的委屈后，依然是那么小鸟依人般温顺，心甘情愿地毫不反抗地接受我的残酷的虐待。我永远也忘不了她那苦楚的泪水与乞求的眼神，她得不到做人最起码的那点点尊严，引不起人们的同情，她不断地希望能用自己身心所受的蹂躏而得到我的爱，又不断地为自己过去而忏悔。然而，我谴责她而不听她的申诉，我蔑视她而不给予她公正的评论。我原以为是我在宽恕她，而后来才醒悟，其实我根本不配接受她的宽恕。可——现在，现在我还能做些什么？我……"

大凡一个人了解对方的痛苦原因，而想安慰他，是很不容易的，就像是要一个知道自己的死期、死的方式、死的场所的人，而使他心甘情愿地说"我愿意去死"一样不容易。然而，我面对着这位昔日的老同学却产生了强烈的同情心与一种更为强烈的想让他脱离伤怀的慈悲心，原因是他这么坦率地向我倾吐心中的悲哀。

"冬生，摆脱你悲哀的唯一方法，就是将自己从痛苦的回忆中解脱出来。忘了她，忘了你们之间所发生的事，我们都很年轻，还有许多的事等着我们去做。"

"是啊！"他站起来，急躁不安地来回踱着，"我自己也多么想振作起来，可不管我怎样地挣扎摆脱，最终的思想还是不得不回到那潮湿的不见一丝阳光的地方，因为我永远无法谅解自己。"

"冬生，别太自责自恨了，把心中所有的话都说出来，或许你就会好起来的。"

"当然……当然，"他停下急躁不安的脚步。可怜兮兮地说，"但我今天只想哭，只能谈些没头没脑让你受委屈的话，改日我一定把闷在心中的东西全部倒出来，让你琢磨，让你审视，让你掂量。那时，你就会感到我为一个女人而悲哀如斯自责如斯，是有道理的，是应该的。甚至，你还会劝我更应该去自杀，以一死来谢天下。"

王冬生阴沉的神色里，有一些善良，一些温和，而更多的却是那深深的愧疚。

"好吧，"我对他说，"勇敢点。"

"……再见……"

他话音哽噎，坚忍着向外猛涌的泪水，向呆在一旁的俊敏望了望，就仿佛越狱的囚犯一样逃了出去。

# 二

时间在我焦灼与迷惑的等待中过了一个多月。

在这一个月的时间中，我如思念热恋中的情人一样。可在我内心的千呼万唤中，他依然音信全无，仿佛藏到一个鲜为人知的地方。我有时不得不做这样的寻思：他上次如约而来，是不是因为他不知道杨小眉已为人之妻，又苦于心中对她的苦苦思恋，却无法见到她，不知她的去向，才急着要知道关于她的一些事。而现如今，他是否会将自己的诺言随着杨小眉的结婚消息抛到九霄云外去了呢？

不过，这种想法又很快被自己否决了。因为我依然在盼望着他能突然出现的同时，也相信他绝对不会违约于我，这对别人来讲或许会如此，可他不会，绝对不会。他当日悲痛欲绝的声调是非常真诚的，悲切凄怆的眼泪是非常真实的。因此，我的心里又产生了另一种思想，这是种令人极度不安甚至于恐惧的思想。我想他会不会因残酷的现实而忧郁成疾，或者……

荒唐的想法，荒唐得却近乎真实的想法，使我不禁用整个身心关心起他来。这种关切或许掺杂着一些些的自私，那是在他绝望的目光中，我已经捕捉到一个缠绵悱恻震撼人心的爱情故事。

这段时间里，我虽然未能如愿以偿地见到他，但他与杨小眉的名字却一天比一天清晰起来，他与杨小眉之间故事的轮廓也一天比一天明朗起来。

我不知道别人是否也有这种感觉：一个虽然跟自己有过某种关

系但又不太相干的人，一旦有人在你面前提起这个人，或谈及跟这个人有关的或喜或悲的事来，你就会像兔子一样警惕地竖起耳朵。当然，这世上不免有些事不关己高高挂起的人，但这些人至少也会把听到的留在脑里，等到空闲时，再自己过问自己：他这个人怎么啦？怎么会这样呢？……我对王冬生也是这样。不过，自从我知道他跟一个极其巨大的悲痛扯在一块后，这种感觉就越来越敏感了，这种感觉在不同的场所也会越来越明显地表露出来。

有一次，我在县城开完会，准备赶回学校，但我并没有直接走进车站售票处，而是在门口几位正在饶有兴致谈天说地的人旁停了下来，因为我清清楚楚地听到"王冬生"三个字。

"你们认识杨小眉？"

我故意绕开王冬生。

"熟悉着哩。"

口气满含着那种因认识她而引发的自豪感。

"这个姑娘怎样？"

一位满脸络腮胡的中年男子用吃惊的目光上下打量着我，仿佛要把我的上下都要剥个精光似的，然而看到我故作好事的样子后，又很坦率地告诉我。

"没见过她，算你没有眼福，那真是个叫人看了想，想了迷的女人。"

"她是不是很下贱？"络腮胡脸露猥亵之色。

"哈哈！看你倒像个正人君子，想不到也这样……"

"不……不，我只不过是好奇。"

"她下不下贱，我们倒还真的说不上来，可她也使两个男人丧失了除生命以外的所有东西。"一个看上去还较为清秀的年轻人说。

"那你还知道王冬生这个人吗？"我把脸转向年轻人。

"怎么会不知道呢？他俩是一台戏上的两个主角，不过我也没见过他，只听讲他有才有貌，也听讲他整女人的手段极其残忍。我真不敢相信杨小眉为什么这样死心塌地爱他。"

"唉！"我莫名地叹了口气，"那你知道王冬生是用什么样残忍的手段去折磨杨小眉的呢？"

"你这个人怎么啦，这么啰里啰唆的，是在提审过堂的犯人吗？走开！"络腮胡凶巴巴地接过话题。

在他们那不耐烦的神态中，我发现他们知道的并不比自己多，何况我也没有权利去苛求他们，虽然我心中渴望他们能知道得更透彻些。

还有一天，我在朋友的聚会中遇见一位姑娘，她是杨小眉高中时的同学，又曾跟她一起共过事，且交往不错。

"她是怎样一位姑娘？"

"她是个很美丽很温和也很惹人疼的那种女孩，可惜她太幼稚了。"

"她曾与一个叫王冬生的男孩恋爱过？"

"是的，其实外界一直把王冬生讲成凶神恶煞般的人，我认为这就大错特错了，他不但潇洒英俊，善于谈吐、才华横溢，且还很有责任心与正义感。"

"他对杨小眉的感情怎样？"

"我相信王冬生绝对不是见异思迁的人，他对杨小眉的爱天高地厚海阔天空。"

"那杨小眉对他呢？"

"杨小眉对他的爱之深，是不可用语言来表达的，我还没有见过一个女孩对自己所爱的人会如杨小眉那么死心塌地至死不悔。可惜啊！当时杨小眉根本就不应该那么快甚至就不应该向王冬生表白自己不幸的遭遇。我想善意的欺骗，有时也会得到幸福的。"

"你是讲杨小眉不该向王冬生倾吐不幸？"

"是的，杨小眉这样做本是想得到王冬生的宽恕谅解，奢望得到关怀与安慰，结果却适得其反，王冬生以为杨小眉将自己当成一块遮羞布，于是，挖空心思绞尽脑汁寻找一些异常歹毒的手段对她百般折磨肆意虐待。尽管如此，杨小眉依然矢志不悔。"

"后来怎样了呢？"

"他俩游戏般地时好时坏，后来，因为我已离开了单位，只听讲他俩在柳镇犯了事，王冬生被抓了起来。再后来，就听说杨小眉跟一个跛子结了婚。"

"你从单位出来后就一直没有见到过杨小眉？"

"没有。"

我渴望知道他俩之间故事细节的心情，一天强过一天。之中，我又趁机去了王冬生家两趟，可每次他那祥和而又苍老的父亲也只能告诉我，他已有些时候没有回家了，究竟到了哪里，谁都不知道。我又故意走访了一趟张老师家，想不到张老师家的邻居竟告诉我：张老师在儿子结婚后不久，就举家悄然搬离了这幢房子，临走时，他也不曾向任何人讲去向何方。最近，大家才知道这房子已转卖给一位外地的生意人。还说头些天也曾有个年轻人来打听过他们的去向。

张老师为何举家离去，其中的缘故也许没人知道，可我很清楚，他们无非是想避开王冬生的纠缠。我也同时清楚那打听他们去向的年轻人，一定是王冬生。

# 四

也不知是过了多少难捱日子的一天早晨，我刚走进校门，传达室师傅就交给我一封信。

天哪！信竟是王冬生写来的，我迫不及待地撕开信唇。

他告诉我，自上次分别后，去了一趟省城，因为省城一家出版社已同意出版他的第一部诗集。为了便于改稿，在同村一位省城上大学的本家兄弟那一住就是一个月，回来后，由于疲劳过度，医生嘱咐静养。最后还讲，很抱歉，问我能不能近几天到他家去。

好一个王冬生，简直是神出鬼没。

我把当日的课程与其他老师作了适当的调整。

下午一时许，我赶上班车，就往他家赶。他的母亲，一位慈祥可敬的农村妇女，热情万分地把我领到一个房间。见到他时，他正斜躺在床上，枕边放一大摞书籍，手中捧着一部庞德的诗集《五年间》。

他一见我，就嚷嚷道："建民，真想不到你来得这么快，真对不起，我不是故意这么做的。"

我在床沿坐下来，握着他滚烫的手。

"你在发烧？"我惊呼道。

"没有事，只是太疲倦了。"

"冬生，你又去找过杨小眉？"

"是的，你怎么知道？"

"是张老师的邻居告诉我的，他讲有个年轻人去打听过杨小眉的下落，神情相当沮丧，我一猜肯定是你，可惜她家已经搬走了。"

"建民，那也能算是她的家？我看简直像家坟墓。杨小眉她一定会受不了的，她的内心一定在呼唤着我能去救她，你知道吗？因为她爱的是我，我才是她这个世界上唯一的选择，唯一的……你懂吗？"

我不敢相信，因为王冬生讲这句话的声调，说明他的心绪还很坏，心情还非常痛苦，就像上次在俊敏家时一样。每当他的思想或别人的话语触及到"杨小眉"这个使他伤心的名字时，他就痛苦得不能自持。

"不要想得太坏了，或许她现在已经舒展眉头开始新的生活了。"

我只能这么讲。

"怎么会呢？她爱的是我，而与她生活在一起的并不是她所爱的人。就仿佛拴在一棵树上找不到食料的羊羔，你讲她会舒展眉头，会开心起来吗？"

泪水沿着他那灰白色的脸颊慢慢地滚落下来。他别过头去，极力想避开我。

我装作没看见。

"我要找到她，不管跑到天涯海角，一定要找到她。否则，我就是死也不会安心的。我一定要亲眼看看上帝会把我心爱的人弄成什么样子，我一定要看看她是否幸福。否则，我就会变成聋子、瞎子，除了回忆当时她的笑容、她的声音，世界上的一切都会没有的。"

"冬生，别太激动，你还在发烧。"

"激动？！"王冬生苦笑了一下，对我说，"建民，你不会是在开玩笑吧，你看，我都快忧郁死了。"

他把脸上的泪抹了一把。

"我只有在见到她之后，才会好起来，我不是在讲发烧时的胡话。我心里很明白，确实很明白，甚至比任何时刻都明白。"

"这我理解。"杨小眉已结合了一个家庭，而眼前的他却对杨小眉依然深情专著，我知道这种感情十分危险。于是我对他说："但是，冬生，即使你真的见到了她，而她已移情别恋，不再爱你了呢？"

我说的是心里话，同时，也试图让他放弃这一可怕的执著的念头。

可他一听完我的话，就猛地抓紧我的双手，眼睛一眨不眨，愤怒地盯着我，仿佛所有的精力与力量都集中在他那双由于激动而布满血丝的眼睛里。

"你在说什么？你怎么还要这样讲？"

他是咆哮着讲的。

我低下头，不忍目睹他的痛苦。

"哈……哈……"他居然笑出声来，但笑声很骇人，仿佛是黑夜里的野兽，踏中了猎人的陷阱后，所发出的那种凄厉、绝望的声音。

他环顾了一下这简陋的房子，眼神变得有些深情。

"这不可能，这完全不可能，我们曾经在这间房子里共同生活了三十七个昼夜，在这里她亲口对我讲，永远不会离开我，没有我，她就无法生活下去，还讲即使我娶的并不是她，也很乐意做我一辈子情人。她真的这么对我说的，你相信吗？我不用骗你。"

他移动了一下身子，像是希望能站起来，我忙去扶住他，但他却侧身从床里壁的枕边拿出一个用红绸布精心包起来的包裹。

他一边一层层地打开包裹，一边对我说："这是三年中她写给我的四百八十五封信，其中的每封信都珍藏着她一颗善良的心与真诚的爱。这些天来，我每天都要拿出这些信读一读，我几乎都能背下来了。"

　　我被王冬生炽热的情感感动得一塌糊涂，王冬生的表白是完全真实的，在他的语言与神情中根本感觉不到丝毫虚假的东西。

　　这时，王冬生用放在床头的湿毛巾抹了抹额头豆大的虚汗，把胳膊递给我。

　　"帮个忙，我想起来。"

　　我的双手一触及到他的胳膊，就觉得他的整个身体在不停地抽搐着，像有股寒流穿击他的全身。我心里想劝他继续躺着，而手却不由自主地顺着他的意思。我知道这时劝阻他的任何一句话一个行动，都是徒然的，也只会使他增添不如意的伤痛。

　　突然间，我似乎与这位八年前自己感到可敬不可亲的人的距离拉得很近很近。

　　我搀扶着他，他步子如在空中浮动着一步一步向前挪动，他的牙齿在咯咯作响，双手潮湿，全身的神经都在剧烈地颤抖。

　　我唯一能做的，就是让他牵着走。

　　走到窗下，我将窗子打开。

　　一阵凉风迎面而来，他抽搐得更厉害了。这是一次真正的全身痉挛。我慌忙想关上窗门，王冬生阻止住我，喃喃地说："没关系，我也想透一透空气了。"

　　他喘着粗气，双眼充血，极像是一头劳作了一天后劳累过度的老黄牛。

　　我们就在窗前坐了下来，一起向外眺望。

　　窗外是一条潺潺流淌的小溪，溪水清澈见底，水面上有一群白鹅在相互嬉追着，一会儿一头扎进水底，一会儿仰着脖子在不停地啼叫。岸那边是一片正在返青的山坡，窗外的景色已被夕阳涂染了一层通红朦胧的暮色。

　　"这里的景致很好，很惬意。"我说。

　　"是的，但这种景色却更使我触景生情，因为她也这么说过。"

王冬生痴痴地望着窗外，说道。

"那你为什么不能忘却她，让这美好绝妙的景色走进你内心的世界，梳理你烦乱痛苦的心情呢？你现在都已经是诗人了，为什么不去讴歌这大自然的美景呢？外面的夕阳，多好；外面的空气，多鲜；可你却要将自己封闭在已经是过去的思想里，这岂不是枉费了这大好的时光？"

"也许正是诗才使我回不到现实中来，写诗的几乎都是伤感忧郁愤世嫉俗的牺牲品。大自然的美是无穷无尽的，但是，同样的美，一种给人以陶醉，一种却给人以伤感。唉，一切事情的样子多么容易改变啊。"他转过头来，又说，"当然，你是出于一番善意的，可你怎么能不解其中的缘由呢？是的，你不可能理解我为何面对欣欣向荣的大自然而心中依旧是戚戚然的。建民，我真渴望能把内心充塞着阴沉沉的一切发泄出来，渴望它能成为一部警世之作。当然，我自己是绝对不行的，我害怕自己的泪水会将稿纸弄得一塌糊涂。建民，你是师专中文系的高材生，这件事只有拜托你了，我会很感激你的。"

"冬生，过些天再讲吧，你还很疲惫。"我真诚地对他说。

"不，当日，我一见你那么真诚地在听我说每句话。就觉得我找到了依靠，感情随之有如破堤的洪潮，一发不可收。很长时间以来，我总想找个适当的人将心中的一切倒出来，可我拿我的痛苦向谁去诉说呢？我多么像契诃夫笔下的姚老头啊。然而，姚老头的处境比我好些，人们至多不会去听他重重复复的诉说，而我非但如此，还时常看到不屑、耻笑的目光，听到'畜生''无心骨'等不堪入耳的话语。我能去责怪他们吗？不能，他们除了少数人是幸灾乐祸外，多数都是善良的。何况，这些责任也只有我自个儿担着，真的，我一点办法也没有，我不想申诉，也没有权利去申诉。因为，我倒很乐意去接受这些善良人刺耳的讥讽甚至谩骂。一开始，我还有解释的欲望，可人们不容你开口，你一开口，人们就用鼻子向你讲话。后来，我不管人们用多少难听的语言来议论我，我都不想去抗争了，只有默默地承受，但见了你以后，这种欲望又春草般地滋长了。”

"冬生，谢谢你对我的信任。你也别太失望，这个社会上的好人与坏人的界线并不太明显，其实很多坏人伪装得比好人还要好人。据我所知，在这整件事上，你要担负的责任并不是全部。是的，我也听到过许多人在背后指责你，但也有人在背后夸赞你，为你惋惜。现在，什么都已经过去了，杨小眉也已有了归宿，这个归宿或许并不是她所希望的，但毕竟她也是走出了这一步，你又何必为过去而再耿耿于怀，让别人的言论左右自己呢？你也曾付出许多牺牲许多，你现在应振作精神，去寻回自己。为了你的父母，你就应该这样做，你说不是这样吗？何况我们还有各自的将来。"

"我不需任何人替我分担什么，我为之付出的一切，都是自己情愿的，我所经历的精神苦难，也都是罪有应得。建民，别为我开脱责任，我的罪过深重，就是死上一万次，也不能抵其一半。"

"冬生，别再谈什么责任了，我还想知道你的故事。但讲归讲，不过写书一事，我恐不敢胜任。"

"建民，其实这个故事很简单，凭你的才学一定能够写好的。"

"你太夸大我了。冬生，其实你才是我们班里的才子。"

"不，我肯定写不下去的。"王冬生诚恳地望着我。

"那我试试看。"

他闭着眼，朝我使劲地点点头。

"我不知道讲完这个故事之后，你会怎样看我，更不知道其他人会怎样看我。但我必须讲明白，我之所以将这个故事的全部原原本本地讲出来，并不是为了改变人们对我的看法，我已经讲过，我愿意承担故事中所有的责任。"他将头靠在椅背上，沉思了一下，说道，"可是，我该从什么地方谈起呢？……我想，你要了解这个故事的始末，就有必要把一些与本故事无关，但与本故事的本身有至关重要联系的事告诉你……我也不知道自己是怎样穿起军装的，也许是羡慕的缘故吧。我的姐夫与堂兄都是军官，这你应该知道。总之，小时候我就做过许多当兵的梦。到了部队后，我竭尽全力去努力，并很快就得到了领导的青睐。两个月的新兵生活一结束，就神差鬼使般被送到卫校，这可是许多战友连做梦都在想的美差。就在那时，我认识了仅长我一岁的区队长周霞，她并不漂亮，学员们甚至还常在背后戏谑她为'黑大姐'。可两个年轻人怎样相爱，在什么情况下相爱，这并不重要，重要的是我们正处在最容易产生爱情的最佳年龄。这种感情，来得很突然，来得很凶猛，来得很荒唐。这的确是又感人又糊涂，我无法讲清楚……反正，故事一开始，我们就爱得很热烈很纯真很坚决，与古往今来千千万万年轻的恋人一样，讲过海枯石烂心不变之类的话。按理，我们很可能要成婚生子白发偕老，但后来故事有了变故。这个变故很自然，但很痛苦，就是这个变故才有我与杨小眉的故事。我没有必要把这个小插曲弄得悲悲戚戚，我只能告诉你，我们之间不存在遗弃与被遗弃的纠葛，我们的这种纯真的爱被部队的纪律所扼杀。很自然，我们必须分手，这使我感到很悲惨很绝望。因为我无法摆脱已占据了我整个身心的那神秘而又朦胧的感情，只要一见到她，那种细微的热烈的情不自禁的冲动，就会油然而生。可同学们那不怀好意的笑容与年过半百的女校长那如鹰般锐利的目光，使我们只能是爱而远之。我在这场折磨自己又折磨别人的痛苦中坚持了一段时间，一个平庸的司空见惯的爱情故事，我无法改变它的性质，就这么一回事。为了躲避这种每天面对着的痛入心底的苦痛，我想到了家，想到了慈祥的妈妈。当我流着泪将写有自己想法的小字条交给她后的第二天，回家成了事实。假期虽然仅短短的几天，但当我昂首挺胸在同学们羡慕的目光中走出校门时，我的心顿时如被刀绞般痛了起来……大凡一个故事的发生，都有其条件，恐怕这就是我与杨小眉发生爱情故事主要条件吧。回到家中，我却发觉找不到一个能谈心的人，我过得相当慵懒、相当孤独、相当空虚。在这种慵懒中，我绝对感受不到其他人讲的那样闲闲的无拘无束的宁静的味道，有的只有滞重与不安。于是在妈妈的建议下，来到离家有二十多华里的镇中。一是为了去看望一下关心过我的老师与正在镇中就读的弟弟春辉；二是为了给自己慵懒的生活增添一些色彩……"

# 五

是啊——我是想给自己的慵懒增添一点色彩。然而……唉，这个"然而"可能使故事跨越太大了，还是按时间来说吧。中午时分，我还未跨进镇中大门，就见春辉与一位面目清秀的同学从学校大门出来，开始春辉不可置信地呆呆地望着我，继而自豪又高兴地把我介绍给他的同学，又把他的同学介绍给我。杨小光，春辉十分要好的同学。此时杨小光如老友般邀请我与春辉到他家去吃中饭。对一个自己素未谋面的人的邀请，竟会莫名其妙地答应，这就是我之所以会有现在这个故事又一至关重要的一步。

杨小光家距离学校很近，不一会儿就到了。小光的父母此刻正在灶台边忙乎着，当我怯生生姑娘般地站在他们的面前时，小光已经告诉了他们我的身份。他们忙将我让进房间，一会儿是他的母亲送茶，一会儿是他的父亲递烟，热情得让我有些不安、有些慌乱、有些感动。

春辉与小光陪我聊了一会，就被小光的母亲支派出去买东西了。我六神无主地在写字台边坐了下来，抽了几本书翻了翻，觉得索然无味，那沉闷的慵懒顷刻又涌了上来……

"你就是春辉的哥哥？"一个声音冷不丁地响了起来。

我一惊，抬起双眼……

是的——王冬生的眼中有种激情在跳动着，这种神情仿佛自己并不是在回忆，而是正处在当时真实的情形之中。他清了清嘶哑的嗓子——

是的，她是一位绝妙的女孩，她的头发如瀑布披泻在肩上；皮肤又细又嫩，像刚出蕊的花瓣；那黑白分明的眼睛，如梦似幻；小而玲珑的鼻子，仿佛天然的工艺品；嘴唇弧度美好而轮廓清晰，红润而秀气……我看呆了，总觉得自己也见过不少美丽的女孩，那些柔艳得好像没有骨头，娇媚得好像没有灵魂的女性，可眼前这位根本没有施妆，却像刚出水的荷花。她太美了，美得让人惊心动魄，对于她的美，我一开始就感到自己的任何一个动作都会亵渎她，但我的双眼却像钉在地上，动弹不得。

她并没有为我的失态而心表不快，而是十分友善地朝我笑了笑。

"……你……你是……"我口齿不清地问道。

她又笑了笑。她很爱笑，笑得很纯很甜也很灿烂。

"查户口吗？"她倒背着双手，反问道。

"不……不……"我感到自己的舌头僵硬得如同含在嘴中的一块木屑。

"那你猜？"她的声音又柔又纯。她无邪地正视我，鼓起腮帮，微仰着头。

我敢肯定，我一见到她完全是被她的美丽所震慑的。她的这种美，美得会让人嫉妒，美得会让人怜爱。可正是这种美，却不会让人感到自惭形秽，而是让人会觉得可敬可亲。

她是谁呢？我一边大胆地打量着她，一边在高速地思忖：是小光的邻居？是小光的同学？还是……终于，我还是摇了摇头。

她一惊，笑容逐渐消退了许多，她很快也很直率地表露出她的失望。

"……你是小光的姐姐？"我从她表露失望的神态中隐约地看到了杨小光的影子。

她垂下的睫毛，又飞扬起来，零乱的笑意，又聚集起来。

就在此际，我的心底蓦然升起了一种遥远的熟悉感，她的这种神情，她的这种笑容，好像在自己记忆的海洋还能寻找得到，难道……

"我们可能还是校友？"

"你终于想起来了。"她欢呼着，并在靠近我的床沿坐了下来，"我们不但是校友，我还是你忠实的崇拜者……"

我一边听着她讲话，脑子中却想起了一个小女孩；她独自倚着操场边高大的梧桐树，时而抿着嘴，时而鼓起掌，时而紧张地盯着正酣杀激烈的球场……

可以肯定，那记忆中的小女孩就是此刻坐在床沿边上离我很近很近的她。

不知道怎的，我心中一阵骚动，以至于将手中的书掉在地上，急忙弯腰去捡，正巧，一只白腻的手也伸了过来，彼此都慌忙缩回，而再伸时，不约而同地又碰在一起。这一次，我缩回的手便不再伸出去，只觉得心脏有小鹿在跳跃，而血管里有无数只小兔在奔跑。等她弯下腰时，只见那黑发如云，衬着那如凝脂般的脖颈，令人有惊心动魄之感。而回味两次的肌肤相接，所领略的是那种腻不留手的美妙感觉。

"你的记性还不算坏。"她并没有为刚才的事而感到有丝毫的尴尬。

"我都不敢认了，因为……"

"因为什么？"她的睫毛闪了闪，问道。

"……因为你比以前更……长高了……也好看了……"

"谢谢你的夸奖，可你知道那时你在别人心中的分量吗？当然，我崇拜的并不是你的英俊与才气，而是你魔术般高超的球艺。每当球一到你手，活蹦乱跳的球就变得那么听话那么安分。"

"都过去了，还提它干什么？"我想改变一下话题，于是说，"你现在还在读书吗？"

"没有，我已经参加工作了，现在县税务局柳镇分局上班。"

我不知道她在回答我这么一个简单问题时，全身会流过寒流一般颤抖数下。

"很好的职业，只是离家远了些。"

"路途远近倒不用说，只是这份工作并不是你所想象的那样，要每天跑到乡下，大家理解还好，不理解时还会被辱骂，想想有时很委屈的。不说我了，还是讲讲你吧，你快要成为真正的白衣天使了吧。"

我不知道她怎么会知道我这么多。

"快啦，还有两个月时间。"

"我真羡慕你，遗憾的是我是个女的。"

接着，我们又谈了很多，我们谈得很开心愉快。因为她的出现，我内心的慵懒与苦痛消失了。

后来，她的母亲春风满面地进来。

"小眉，别再缠着冬生了，冬生肯定饿得够呛了。"

突然间，我笑了起来，与她谈了这么长时间，我竟然还不知道她叫什么。杨小眉就是她，小眉，很好听的名字。

的确，她是我一生中所看到最值得疼爱的女孩，她对我初次相识的魔力就像触电一样——一种震动——引起我异样的麻辣辣的感觉。

第一次见面，就这样匆匆地结束了。换上别的女孩，也许会产生这样的一种结果，如果不能说是我逐渐忘却她，那就是她给我的形象慢慢地淡薄了。随着时光的流逝，即便我回忆起那次意外的邂逅，也不过把它当作一时的感情冲动。这种事在年轻人身上是经常的事，它会因时过境迁而付之一笑。

但对于她，我做不到。回到学校后，和同学谈天拉地没有冲淡她；紧张严肃的生活没有冲淡她；喧闹美丽的城市没有冲淡她；她的笑容、她的语音依然那么清晰。特别是她那双如梦似幻的眼睛，竟如一名忠于职守的卫士，那么有毅力有耐心地守着我，无处不在地跟踪我。为此，我又新生了一种恍惚与焦躁。也不知道有多少次，提笔在信笺上写下"小眉"两个字，但仅此两字而已。因为我不知如何去写。一方面我害怕自己的感情将会是单程车票，自己真实的感情，会被她嘲笑，那是个多么可怕的结果啊！我愿意就这样慢慢地守着自己的欲望，守着自己的痴心。另一方面我又害怕她会过快地接受自己的感情，我倒又愿望得到经过等待与经历过艰辛的那种爱。

周霞待我依然很好，但我们越来越像大姐姐与小弟弟的关系了。

一位天使——呃！无论什么人在谈论自己心上人时，都会这么说的，是不是？我实在无法更细致更确切地向你描叙自己当时的情感，一句话，她完全俘虏了我整个身心。

经过几番激烈的心理斗争，我终于写了一封信，其中内容是相当的平淡，无非是说些认识她很高兴，很感激她全家对我这不速之客的盛情款待之类。

然而，信却没有寄出去。

# 六

故事讲到这里，王冬生迟疑了一下，打了个寒战。

"帮我把窗户关上，我觉得有些冷。"王冬生双手紧拥胸前，对我说。

天黑得很快，像是骑着大白马来的。

此时，我站在窗前，仿佛听到黑夜疾速飞奔而来的清晰的脚步声！窗外，风掠过渐显灰色的树梢，把树叶相互安慰的沙沙声与隐藏在树叶间的蝉叫声交织在一起，令人有些轻微的烦躁！我把窗关上，窗外的一切就显得更加模糊不清了，而鳞次栉比亮起来零零星星的路灯，照着田野间一条隐隐约约的小路，也照着隐隐约约在小路上收工回家的人。

窗外的景色已经溶进了一片灰蒙之中，初夏的夜空渐渐被顽皮的星星所占据。这个故事一开始就使我们在不知不觉中过去了许多时间。

我们吃完冬生妈妈特意烧制的鸡蛋面后，冬生紧紧地握住我的手，说道：

"建民，我感到自己已轻松了许多，干脆今晚你就别走了，留下来，让我把整个故事讲完，否则，我也许会很快回到痛苦中。留下来吧，建民，俊敏那里我会去解释的。"

我望着这位被感情折磨得面目俱灰，而现在又流露着抑制不住感情的老同学，只能深深地点了点头。

——我被这种感情纠缠得近乎于窒息，我知道自己已爱上了她，非常热烈地爱上了她。这种感情与周霞之间的感情并不一样，如果讲与周霞之间的感情世界是充满好奇与神秘的话，那么与小眉之间感情则是一种巨大的汹涌澎湃的力量，是这种力量逼迫着自己去渴望、去幻想、去兴奋、去痛苦。真想不到，的确，连自己也无法解释这种汹涌而来的感情。想不到自己感情的防堤竟会这么不堪一击，想不到自己的爱抒发得竟会这么匆匆忙忙。如果我遇上的是另一个女孩，也许我还会有选择的余地，可又偏偏遇上她。遇上她，我就没有了选择的空间，遇上她，我就只有了痛快淋漓的爱。

是这种侵袭了我全身所有神经，却又无法、无处发泄的感情，才使我有了诗的灵感，才使缪斯来光顾我。我记得我写第一首诗时，是在一个夜深人静的时候，我躲在被窝里打着手电写下的。诗的题目是《爱的陷阱》：

一个偶然的日子
我跌入了你的眼睛
总想
攀登你那潮湿的眼壁
却被你
那拧成绳的长长睫毛
捆紧

在这之后的很长时间里，我的日子过得很累，也很苦。多次想找其他乐趣来冲淡对她的苦苦思恋，可我没法做到。整天失了魂落了魄一般，还时常情不自禁地找借口到传达室里转悠。传达室是一间毫不起眼简陋的小砖房，而那时在我们很多同学的心中居然成了一座神秘而又神圣的迷宫。我希望在这间简陋的房子里，能像很多人一样有自己的激动、欢欣，尽管我也知道人对任何事物都不可抱太多的奢望。果然，一次次的奢望，带给我的只能是一次次的惆怅，而一次次的惆怅，只能一次次加重对她的仰慕与思恋。

可意想不到的事在我意想不到的时候终于还是出现了，这不能不说是个奇迹。难道是我的虔诚感动了上帝？真的，至今我在想起那一刻时还是难以置信。

那是个阳光温和的午后，我像往常一样拖着虚浮的脚步来到这间简陋的小砖房，装作漫不经心地翻弄着一大摞信件。突然，一只粉红色的信封跃入我的眼帘，信封上那陌生的隽秀的女孩所特有的字迹，让我的心快要跳出胸膛。那粉红色的信封顿时化作小眉那秀丽的脸蛋，她似乎在微笑着向我走来。我慌忙将信往怀里一揣，脚下行云流水般地跑到一个宁静的角落，既虔诚又迫不及待地撕开信唇。

来信很短，但足可令我欣喜若狂振臂高呼了。

她的来信这样写道——

　　冬生哥：

　　自很久以前，我就奢望能与你谈上一句话，仅仅一句话，可我做不到……

　　……感谢上帝，让我们能有再次见面的机会。那天，我是多么想……多么想喊你一声"哥哥"啊，然而，我还是做不到。

　　冬生哥，你我分手后，我无日不在想给你写信，也无日不希望能收到你的来信。我想，你将一位小妹妹孤零零地留在离你很遥远的地方，一定会心痛的，是吗？也许这是我的一厢情愿，我不相信命运会这么偏袒自己，可我终于还是抑制不住。冬生哥，你不会责怪我冒昧吧，我是真诚的，希望你不会拒我千里之外……

读完来信，我的心如在寒冷黑夜里升起的篝火一样。感到空气中也弥漫着快乐和温馨的气氛。我甚至想把这封信张贴在读报栏上，让所有的同学都来分享我已经无法容纳、也无法形容的喜悦。

这时，两位女同学恰巧低头聊着天着向我这边走来，我忙不迭地装出一副若无其事的样子，与她俩打了个非常容易引起人们好感的招呼，但她俩还是惊恐地逃般地避开了我。

我望着她俩可爱的背影，以至于涌出瞬间想拥抱她俩、亲吻她俩的念头。

想不到一个女孩子的一封平常的来信，竟会让我感动成这个样子。我似乎感到自己渺小的内心世界，已经拥有了高山大海，乃至于整个大自然。

我迈着胜利者飘然的脚步来到宿舍，一路上我不停轻抚着路边的花花草草，也不停地向人们打着那种极易给人好感的招呼。世界又恢复了原来的可爱、原来的亲切、原来的妖媚。

她的来信使一切都变得多么美好啊！

宿舍里并无一人，同学们都去做自己该做的事去了。我喜欢这样，喜欢一个人孤孤单单地在这里，因为我那时唯一想做的就是静静地用文字与她作一次亲切的长谈。

我把她的信翻来覆去地念了几遍，才开始摊开信笺。不到半个小时，就写了十多页，可我随之又将它揉成一团。

信终于还是写成了，我也不知道自己究竟撕了多少信笺。

我一直在表面的默然中焦灼地等待这个时刻，现在已经得到了，似乎再也不能有什么苛求了，因为她的来信与那次惊心动魄的见面一样，并没有更深层次的意思。但我正是在这平淡无奇中，看到了另外精深的东西，正蠕动着向我靠得越来越近。

你也许会认为一开始我就把两个人的关系太诗化了——这只不过是一位小妹妹对大哥哥的思念——这不过是一次无关爱情的友

谊。然而，只要我们稍作分析，就不难发现这种友谊包含着一种更深奥、更神秘的情感，也会发觉我对她的感觉与她对我的感觉吻合得天衣无缝。这绝不是种巧合，这的确是一首真挚迷人的诗——一次心灵对心灵的对白——一次无关友谊的爱情。

这一夜，我一直沉浸在兴奋中。

这一夜，是我有生以来第一次真正的失眠。而那一刻，我平常所深恶痛绝的宿舍里某个方向传来的磨牙声，也是那么自然而可亲。

原来，失眠也那么富有诗意。

我失魂落魄，如痴如醉，想入非非，一会儿感到自己还不够潇洒，不够气魄，不够斯文，没有资格去喜欢这么一位女孩，却又为自己能得到这样一位天使般的女孩的思念而沾沾自喜、洋洋自得。一会儿又觉得如今男女之间的事，如卖衣——穿衣——扔衣一样随便，害怕这种热情很快冷却冻结。接着，我又产生了无限的希望与无比的信心。

总之，我思绪万千，心乱如麻，我实在无法向你描述那时我的全部情感与感慨。

天亮了，我才迷糊糊地感到双眼有些涩意，可集合号就在此际急促而又响亮地打破沉静。

我带着自己对未来不可思议的梦想，带着一夜没有合过眼的兴奋，加入了晨练队伍。

从此之后，我就成了那简陋的小砖房的常客，从信寄出去那天起，就每时每刻都想得到她的回信。

这种做法，当然近乎荒唐，可这种心情——只要有爱过的人，一定都有体会。

不久，春辉来信告诉我，小眉莫明其妙地经常给予他一些物质上的帮助，也莫明其妙地经常在他的面前提起我。我想象得到，只要一提起我，她的眼神肯定就会变得有些赧然，但目光却在炽炽闪耀。

我与小眉的通信越来越密，我们从工作谈到日常琐事，从看到的或听到的谈及自身对此事的看法与见解，除了感情双方都矢口不提外，我们可以讲是无话不谈了。

我的心从此常因快乐而怦怦乱跳，常常因激动而局促不安。

渐渐地，我感到有股神秘的压抑很久的力量驱使我，冥冥中时常感到有人在对我说："去爱她吧，把你所有储备的感情都抒发出来，她会接受你的。"于是，我异常勇敢地向她写了封语言真挚、感情炽热的信。为了这封信，我用尽了自己认为是最能令人感动的所有词汇。

很准时，回信在我扳完手指的那天来了，沉甸甸的，信封仍然是那种粉红色的。

# 七

收到这封信，我的心惊喜而不安。

我把信揣进胸口，抑制着一颗狂跳的心，与一张张熟悉的却变得表情有些善恶不明的脸打着招呼，跑出学校大门。

在一个路边简陋公园的长椅上，我坐了下来，忐忑地把信掏出来想拆，可一股巨大的力量又把它塞回胸口，我不想让自己太快地知道结果。同时，我也害怕知道结果。这封准时得让我感到心慌的信，令我摸不到边际。

她一定是接受我了。我想。

她一定是拒绝我了。我又想。

我也读过许多关于女孩方面的小说，知道女孩的心是很使人捉摸不定的。比如有的女孩，她明明知道自己爱上了一个人，却会装出没有这回事的样子，要使人感到自己的心窗是不会那么轻率地为人打开的；比如有的女孩，她明明知道自己不可能爱上那个人，却会挖空心思婉转其辞，为的是使彼此的友情不至于受到损害。

她一定是接受了我。我兴奋地想。

她一定是拒绝了我。我又沮丧地想。

在许多肯定与否定后，我终于还是想不出所以然来。于是，我又将信从胸口挖了出来，朝着夕阳照了照，便撕开了信唇。

"Dear"

Dear，多么令人心醉的称呼。你要相信，她一开始就这么称呼我。你若不信，现在这封信就在这摞信里面，你可以随时去证实。

我的心怦怦地跳了起来，一种奇妙无比的欢畅沁透我的整个灵魂，正如这甘美的夕阳一样，我在这儿享受生命的欢乐，完全沉湎在这灿烂美好的情趣之中。

冬生，你终于把自己的感情火山爆发般地喷射出来，虽然我知道这不过是时间的问题，可我还是被你那扑头盖脸袭来的脉脉温情与炽热的爱情给懵住了。你可知道我是怀着怎样的心情盼望着这一天的，又是怀着怎样的心情害怕这一天的。每夜我都在失眠，我被这个矛盾的问题折磨着、鞭笞着。生，现在我把你来信贴在胸口，心中充满着欣喜与忧虑，我该怎么办？我真的不知道该怎么办！你的感情真挚，字字句句都在重重地撞击着我的灵魂。

冬生，我心中所有的所有，你为什么不能早早地了解我的心呢？你可知道，我的心弦在那镇中时就被你牵在手里，可你始终没有去撩拨它，它发不出声响。而现在你又为什么要发出这样令我震撼的激情呢？原谅我，现在我不能接受你，因我已不配去主宰我们的未来，我只能使你伤心欲碎、痛苦欲死。冬生，我的好人儿，我知道拒绝你，这对你来讲是多么的不公平，是多么沉重的打击，相信吧！这是暂时的。原谅我，冬生，我的心无时无刻不在滴血；我爱你，爱得很苦，也很执著，我甚至会常常梦见你是那么激动地拥抱着我，那么激动疯狂地吻我。冬生，这份爱太伟大了，我没有资格去拥有它。知道吗？我不配，原谅我，我只恨自己不该给你去第一封信。可是，我实在控制不了自己。

冬生，收到你的信，还没来得及拆开，我被分局局长叫了去，讲我破坏了别人的家庭，还讲要对我作严肃的处理。冬生，你一定不会知道我的心中究竟有多苦。我被一个魔影纠缠着，摧残着，你知道吗？他们都讲我放荡下贱，那不屑的目光刀般刺进我的心，那含耻笑的流言乌云般掩盖着我的身体；我被自己的泪淹泡着。我恨不得离开这个龌龊的、残忍的世界，恨不得能伏在你的胸口大哭一场。

…………

真想不到，这封信使我满腹的期待与幸福化成了无可奈何，化成了对世界人类的嫉愤。我不知道自己身在何处，我只想把那些造谣诽谤、惹是生非的人一个个像臭虫一样捏死。我不相信像小眉这么一位天使般的女孩，会有这么巨大的不幸与苦难的遭遇。不管怎样，看完信后我首先想做的，就是必须把小眉从泪海中解救出来。

我如干渴时需要水源一样，急切地要寻觅着一种能够解救小眉的方法。

等我忧心忡忡地从田野走进教室，天已黑了下来。尽管此时肚子"叽里咕噜"地向我提出最强烈的抗议，可我一点食欲也没有。教室里并没有多少人，只有以张磊为轴心的黑压压的十来个头颅攒动在一起。我走到教室一角的位置上，孤零零地坐了下来。

这时，一阵恣肆的哄笑把我的思绪打断。

毋庸置疑，这笑声是那十几个头颅里散发出来的。

张磊是五团派送来的，此人虽生得人模人样，却满肚子的坏肠子，品质恶劣到令人发指。学校许多教员极力主张将这害群之马清除出校，但他依仗着叔父为某军分区副司令员的高职，每每毫发无损。我为这位副司令员感到悲哀，有侄如此，岂能不哀？尽管他的声名臭得如茅厕里飞出的一只绿头苍蝇，可也有那么几位臭味相投的人与一些不明是非的人，着魔似的追随着他。

听了这笑声，我不禁故意装出一副看书的样子，暗地里我却竖起耳朵。我要听听这位连自己与他同在一个教室里都感到耻辱的人，又耍什么花招。

"……"

"又去了，真是不知羞耻。"

"既然这样，又何必拿着本书装模作样呢？真是掩耳盗铃，哈……"

"想不到三团竟派来位这么放荡的女人。"

"你们就能这么肯定……怀疑她与潘教员的关系吗？她或许是真心向人家去讨教的哩。"

"操！你这个人真要比猪脑袋还要笨，你看她的神情像吗？做贼似的。"

"……我倒看不出来她的神色有什么不对，我们是要为自己的话负责任的。"

"现在都什么时代了，你以为一男一女在一起能干出什么好事。"

"那也不见得，学校不是规定学员是不能往教员宿舍里去的吗？何况……不会的，潘教员不是你所讲的那种虚伪的人。"

"你知道个屁！"张磊忽地站在凳子上，居高临下，环顾了一下四周，神秘兮兮地低声说，"上个礼拜六……要听吗？桃色新闻。"

"张磊，造谣污蔑是要负法律责任的，你知道吗？"

"真是少见多怪，别插嘴，人家张磊都亲眼见到了。张磊，讲吧！"

张磊从凳子上跳了下来，贼头贼脑地走到教室门口，把头伸出去一会，又向假装看书的我瞟了一眼，才把门关严，他的样子很像一位惯偷。

　　"现在，我向大家公布一个爆炸性的桃色新闻，上个礼拜六晚上，在座的各位有谁见过何美娟？"

　　"没有！"

　　"没有！"

　　"这就对了，那天天刚擦黑，我从澡堂里一出来，就见何美娟神色慌张地向潘教员宿舍内走去。我一时好奇，便尾随上去，谁知……谁知……"

　　这种故作高深的伎俩，是张磊一贯的风格。

　　"张磊，别她妈的给哥们吊胃口，快说！"

　　"谁知……她来到潘教员的宿舍门口，犹豫了一会，便开门进去……"

　　"何美娟哪来钥匙？张磊，别胡说八道去中伤别人！"

　　"哈……你也真死心眼，人家潘教员给的呗。张磊，接下去怎样？"

　　"我悄悄地摸过去，忽然里面传来一阵轻微的嬉笑声，往后……"

　　听了张磊的话，我"嗯"地从座位上站起来，怒发冲冠，紧攥着的拳头真想冲上去把他狠狠地揍一顿；然后，告诉大家这是无中生有，恶意的诽谤。因为上个礼拜六晚上，我亲眼看着何美娟与一位女孩手挽手地走出校门。那位女孩我也认识，她是何美娟的老乡，在本市某学院就读。何美娟没有到潘教员的宿舍，更没有……我知道，张磊曾一度被何美娟所倾倒，每次都被她冷言拒绝，而潘教员就是极力主张把张磊清除校门的众多教员中的一位。张磊为此怀恨在心，借谣言迷惑大家，想从中报复。

　　可我没有这样去做，因为这一刻，我自私到仿佛从中找到了开启小眉忧郁与痛苦的金钥匙。

　　世界真小啊！

　　仅用了三个夜自修的时间，一部长达五万多字的中篇《揭穿谣言》就脱稿了，故事以纪实手法写的，并马上寄给了小眉。

过了一段时间，张磊终于被撕去了虚伪的面具，保卫科并且还从门岗的进入人员登记册里找到了有力的证据，校方对他作了退学的处理。

我看到张磊那灰溜溜的身影，看到大家扔给他鄙视的目光，看到何美娟那带苦楚的、苍白的却含有真正笑意的脸，就仿佛看到了小眉已从泪海里被解救出来一般的兴奋。

时间过得真快！八个月的卫校生活，就这么在一片依依惜别声中结束了。

临走那天，我特意买了一点纪念品去向周霞道别，并告诉她我与小眉的事。

她回赠我一本似乎是早就预备好的绒皮影集，只讲了声"我祝福你们"便掉头跑了。

回到部队，司令部把我分配到新兵连。

一下连队，我就渴望收到她的信。当我一看到那种镶着红色花边的信封与那熟悉亲切的笔迹，我的心就会醉了。一天中训练的劳累、精神上的压抑、人事上的龃龉，统统会烟消云散。

每次接到小眉的来信，我首先总是想迫不及待地拆信，但终于又是揣回口袋，用手摩挲来摩挲去；有时拿到一个无人的地方，对着阳光仔细映照，力图去辨别里面隐隐约约透出来的字迹。在对信封深情细腻的触摸中，我似乎与小眉进行着一次别开生面的亲谈，一次微妙的感情传递。

我让思想任意遐思，去随心所欲地猜想。

我要尽量延长这种快感。

小眉来信告诉我，她已报考了自修大学；而且还告诉我，她已调到了县城城中所了。从她来信的字里行间，我已感觉不到她过去那种消沉与郁悒了。

新兵的训练，为期仅仅两个月，新战友们很快地走向了各自的工作岗位。

　　望着昔日尘土飞扬、歌声嘹亮而如今已空旷宁静的训练场，我感到自己的内心被枯燥与寂寞所侵袭。小眉的身影也如每天早晨的太阳，时常从心底冉冉升起。这时候，那枯燥与寂寞就变成了另一种更为强烈的欲念。

　　部队对战士探家控制得相当严格，但也并不是说没有办法，对此我也曾有耳闻。于是，我便试着给春辉写了封信，要他给我发份"父亡速回"的电报。不久，电报果然来了，司令部当天就给我批了假。

　　我装着戚戚然的样子，在连队干部的安慰下离开了军营。一路上，我的心中怎么也兴奋不起来，就是至今我也还对那份要遭天谴的电报感到深深内疚。

# 八

火车是特快的，可我仍感到它如蜗牛般爬行。

次日中午，下了火车，又转乘了两个小时的公共汽车，赶到县城已是傍晚时分了。我先在车站旁找了家旅馆，之后，便匆匆地赶到税务大厦。

这个山区的小县城，在这个时间，马路上显得如此冷清。

我向高个子门卫打听了城中所的位置，当我问及是否知道小眉时，恰巧一位长着一副很友善苹果脸的女孩从里面闻讯出来，她将我上下打量了一番，又含义不明地笑了笑，说：

"我叫吴菲，是小眉的同事也是好朋友，小眉这会儿还在加班，你到城中所去找她吧。"

我从她的眼神中看得出来，这个叫吴菲的女孩第一眼就知道我与小眉的关系，也深知我的来意。我有些赧然地向吴菲笑了笑，又向高个子门卫道了谢，便急不可待地来到城中所。

城中所地处县城最繁华的地带。此刻，坚固的铁栅门已然紧闭。我不知道吴菲是否在同自己开玩笑，但还是用力地摇晃着铁门。

一小会儿，铁门"哐啷"打开，小眉搓着双手，毫无表情地走了出来。

我满怀期待地迎上去。

当小眉有些冷漠的目光撞到我的脸上时，刹那时就闪出一种激情，有些苍白的脸也一下子红润起来。

我也不由自主地后退了两步。

这就是自己日思夜想的人，那日久攒积起来的兴致与热情，一路上熟记的台词，梦中非凡的勇气，顿时悄然殆尽化为乌有。我见到她时的表情由第一次的惊恐变成了现在的懦弱。

这次意外的相逢，使她很幸福很羞涩，也很难堪。在她背转身子去锁大门时，我看到她的双肩在微微颤抖着。

我神态麻木地紧跟在她的背后，眼睛直勾勾地盯着她不住更换的脚步。

"你回来了？"这是我俩见面后的第一句话。

"嗯。"

"怎么回来的？"

"坐火车。"

她突然停下脚步，回头朝我"扑哧"笑了一下。

我尴尬地垂着双肩。

她的确令我着迷，尽管她自己没有自觉地意识到，因为她的内心感到身外的世界是那么微不足道。她很有天赋，善于克服窘境，总能在尴尬的时刻给对方一个融洽缓和的气氛。

"难道我要说你是走着回来的吗？"她故意收起笑意，但满脸仍洋溢着扑面的春意。

"为什么事先不来封信告知我？"

"我……我想……"

"原来你是想吓我一跳。"她惊呼道。

"不！绝没有这个意思，我想这样会富有情趣，更会使人感到兴奋。"

很明显地，我俩已经打破了一见面时的那种僵局。

"你是想让我兴奋起来？"

"是的。"

"你真是那么想的？你真的那么有信心？"

"有。"

这时，一辆自行车"吱"地拦在我们面前，一位年龄与我相仿的男人满脸讪笑着下了车。

"小眉，你真叫我好找啊！"他喘着气，神色异样地盯着小眉，我感到他的目光是火辣辣的。

"有事吗？"小眉不经意地问道。

"不……没有事，能一起去看场电影吗？"

他似乎并没有发觉我的存在，因为他一直探着上身，卑微讨好地盯着小眉。

小眉将身子向我靠了靠，忽然变得幽暗的眼光停留在他那起伏不定的胸前，嘴角浮现出的是一丝笑容。

当一个姑娘端详一个她决定拒绝的男人时，往往是这个样子的。

"谢谢，今晚我还有事，再见！"

我不自觉地挺挺胸脯，骄傲地斜了他一眼。这时，他的脸变得白一阵青一阵，神情也变得极端尴尬，并把哀怨绝望的目光逐渐滑向我。他终于发现了我的存在。

"他是谁？"我望着他那灰溜溜的背影，有些同情地问小眉。

"他是团县委的一名干事，经常来纠缠我，怎么，你吃醋了？"

"不，我感到很开心。"

小眉就是这么一位爱憎分明、直来直去的女孩，绝不像有些女人一样令人捉摸不定，明明知道自己爱上一个人，却还要装出没有事无所谓的样子，要叫人感到自己的心窗是不会那么轻率地被人打开；或者明明知道自己不可能爱上那个人，却还要挖空心思婉转其辞，硬要叫人欲罢不能想入非非。

"走吧，先去吃点东西。"她说。

我顺着她的意思，走进一家小餐馆，颇感意外地发觉上午十点时供给肠胃的两小片面包还仍然在肠胃里盘桓。我不禁为那些在文字上苦心经营的古人喝彩，因为此情此景被他们仅用"秀色可餐"四个字就概括出来。

席间，我的手指无意中碰到她的手指，我们的脚在桌子底下不期而遇，我全身的血液都会沸腾起来，像触电一般缩了回来，但一股神秘而又巨大的力量又促使我伸过去。我的感官全都麻木了，仿佛灵魂也顽皮地跑到自己的每根神经上颠来倒去。

草草地吃完饭，小眉抢着付了钱，说是为我接风，我也只得由她去了。

从餐馆出来，边走边谈，不知不觉来到城郊公园。这时，天已完全黑了下来。回顾被我们抛在身后的县城，却是一片灯火通明。

那是个初春的季节，夜风中还透着阵阵割人的寒意。公园里并不热闹，但借着昏黄的路灯偶尔却有倩影在树林间游动，有些声响从不知什么地方传来。这些不但没有影响我与小眉的情绪，反而让我觉得正是这些才给这里几近惨凉的公园添了不少幽情别致的情趣。

这里的确是谈情说爱的最佳场所。

小眉停了下来，侧头深深地望着我，像是在征求我的意见。

"再走一会吧。"我说。

我们继续往上爬行，沿途不时有一对对恋人或坐在草坪、或背靠树干、或紧紧相拥的情景映入我的眼睛，我只感到心中一阵无名的骚动。

我们走到一棵大树下，几乎同时停了下来。

"冬生，你曾悄悄地爱上过一个人吗？爱得很深也很久，可是被你爱的人却始终没有感觉到，甚至还不认识你？"小眉靠着树干，认真地问我。

"有这样的爱情吗？"

"生活的大海里无奇不有，何况我们每个人都是与众不同的一

个独立的完整世界。就拿我来讲吧，当时我才十四岁，应该说那种
情感是自发的，可我的脑中只要一闪过他那矫健的身姿，就会兴奋
不已。遗憾的是，他并没有意识到我的存在……冬生，你知道他是
谁吗？我简直不敢相信这种荒唐的感情，有一天会成为事实。冬
生……"

"小眉……"

我动情地向小眉跨上一大步，看见她眼眶中荡漾着泪花。

"是啊，那时只要我一见你走向球场，就会觉得周身血液上
涌，胸口一阵乱跳。不过，现在静下心又觉得自己太天真可笑了，
你就根本没有拿正眼瞧我一瞧，我是在用自己编织的幻想来迷惑自
己的灵魂。有人说过，世上单方面的默默的恋情远远超过两颗心默
契的恋情，因为单方面恋情的契机要超过两人之间的爱情。不论在
什么条件与场合，甚至于匆匆偶遇的一瞥，都会使人产生这种恋情
的萌芽。我历来认为这种观点是诗人才有的，现在才知道在特定条
件下每个人都会有诗人同样的情感与天赋。冬生，我不知道这种单
方面的恋情一旦真正成为两个人之间的爱情，其结果会是怎样。为
此，我在高兴的同时，又不得不有所担忧，我真的不知道自己过去
幻想中美好的东西，会不会受到伤害。"

"不会的，只要我们好好地去珍惜，它就会得到升华，得到现
实中的美好。"

小眉默然地沉思一下。

"冬生，你真的很相信男女的友谊？"

"当然，不然我就不会有《揭穿谣言》。"我又讲，"难道你
没有看过它？"

"看了，一共看了五遍，写得很精彩，你简直是天才的作家，
你为什么不拿去发表？"

"你不会是奉承我吧，即使是真的，又何必拿去发表呢？我是
为你而写的。"

"你说的张磊确有其人？"

"不但有其人，还有其事，小眉，你为什么在回信中绝口不提这个故事？"

"我……我感到这个故事不可思议……"

"你也觉得何美娟……"

"不，我不是这个意思，我……我只是感到何美娟还是幸运的……"

"小眉，相信我，就像相信你自己一样，我痛恨捕风捉影造谣诽谤，男女之间为工作为学习……"

"冬生，别讲了……"

"小眉，你……"我发觉小眉浑身在打摆子般不停哆嗦，"小眉，你冷吗？"

"……不，拉着我……"

小眉把手递给我。

我握着小眉光滑细腻的手，顿似有一道高强的电流穿击全身，我不禁地打了个颤，但这绝不是寒颤。

"冬生，你真的那么爱我吗？"她燕语般地呢喃道。

"爱得发狂。"我紧紧地握着她的手，将它按在自己的胸口，激动得不能自持。

"你不会后悔？"

小眉这句无头无脑的话，当时我无暇去细想，只是惊疑了那么一小会儿，又被激情冲化了。

"后悔？你讲我会后悔？小眉，别再胡思乱想了，只要你能施舍哪怕一点点的爱，我就心满意足了。"

"冬生……"

小眉娇柔的躯体颤抖着向我移过来，嘴里天仙般的气息吹送到我的嘴唇上。

我像中了电击，要晕倒了。

一阵心旌动摇后，我将她揉进了怀里。

"冬生，抱紧点。"小眉呻吟般地对我说。

我感到昏沉沉的，她的手指温存而又细腻地在我的脸上游移，最后按在我的嘴唇上，我吮吸着她的手指，双手紧搂住她纤细的腰肢。

"小眉，这是真的吗？"

我机械地俯下身，黑暗中我的嘴唇在她的五官上不停移动，最后，才拙笨地停留在她的嘴唇上。

当时，我虽然惊奇于她那娴熟的抚摸与亲吻，但因为那时我的思想完全被挖空了，我感到不但是内心乃至于身外的一切都不存在了，而这一些即使都实实在在地存着，也全被自己的热情给融化了。

当我们在晕厥的甜蜜中清醒过来，才发觉两人都瘫坐在山坡上。一棵小松树压在我的腿下，松针刺痛了我。

"真讨厌。"

我松开小眉，想将它连根拔起。

然而，小眉不但阻止了我的行为，而且还小心地扶起它，触景生情地说："多好的小松树啊！冬生，你说我们的爱情会不会像这株小树，虽然幼小就经受风雨无情的侵袭，却一直执著地向上呢？"

我望着深情脉脉的她，有些愧疚地说："会的，只要我们精心去爱护它，它一定能够蓬勃向上。"

从公园出来，已是深夜十一点了。

在税务局宿舍大楼门口，她双臂搂着我的脖子，一阵热烈的细语，又一阵温柔的嘟囔。双方都表示恋恋不舍，但最后只能道了声晚安。

望着她那单薄娇小的身影被这幢巨楼安全吞噬时，我幸福地笑了。过去我一直艳羡一些人，我可以告诉你，因为你一定懂得被一位自己深爱的人所爱的这种感情，这种感情的幸福是无以复加的。我开始怀疑过去自己所艳羡的那些人的幸福，开始艳羡起自己，甚至开始崇拜自己。

我认真而又虔诚地站在这空旷还不时有寒风袭来的大街上，抬起头，心中默测着小眉每时每刻的位置，当我的目光爬到五楼时，五楼最东侧的房间灯亮了起来。

回到旅馆，洗漱了一下，我兴奋得一点睡意也没有，只好在寂静的黑暗中独自呆坐着，奢盼着小眉会突然推门进来，还从如梦似幻的境界中去感想、去证实小眉的抚摸与亲吻。当我证实这一切的确已经成为事实后，才感到有些昏昏欲睡。

这时，窗外像是下起了雨。

次日醒来，我惊喜地发现小眉已经静坐在床沿，并深情地注视着我。

"醒来了？"她关切地问我。

"怎么——回事？"

她没有理会我，只朝我嫣然一笑。

我扫视了一下已然从窗户筛进房间的阳光，拿起枕边的西湖牌手表。

"哎呀，这么晚啦。"

小眉站起来，递给我一杯开水，说："起来吧。"

我伸伸懒腰，用手指按了按怦怦直跳的太阳穴，感到清醒了许多。于是，抓过她的手一边抚摩，一边说："坐一会吧。"

"昨晚可曾睡好？"

小眉温顺地在床沿重又坐下，神秘地冲我笑了笑。

"……"

我深情地盯住她，看见她的脸色有些苍白。

"讨厌，干嘛老盯住我？"

"你昨晚没睡好？"

"一夜无眠。"

"为什么？"

她又嫣然一笑。

"不为什么。"

"你常常整夜无眠？"

"我的瞌睡大得出名，可昨夜却睡不着。"

"我明白了，你什么时候进来的？"

"我来时旅馆的门都还没有开，幸好昨晚的值班员是我的同学。"

"难道你的同学是吃了豹子胆，竟敢将你放进一个男人的房间？"

小眉的脸"唰"地红润起来，为了掩饰，她不停地摇晃我。

"起来嘛，当兵的，还睡懒觉。"

走出旅馆，她告诉我自己已请了两天假，我兴奋得无法形容。

还留着下过雨证据的街道上，在阳光的照耀下有些刺眼的光。

两天，太短暂了，但对我来讲，这两天是多么重要与充满情趣啊。

吃过早饭，小眉问我今天如何安排，我茫然地摇摇头。的确，至于今天怎样过，我根本没有去考虑，但有一点可以肯定，那就是不管怎样过，只要有小眉在身旁，一定会是十分快乐与幸福的。

县城本来就这么点大，有许多地方，我已经熟悉得不能再熟悉了。中午，小眉便提议回家，我没有片刻犹豫就同意了。

在车上，我在她说话时瞧着她的眼睛，真是如痴如醉，那生动的嘴唇，娇嫩活泼的脸颊，把我的整个灵魂都勾去了！我完全陶醉于她说话时的情韵中。她到底表达了什么，我多半没有听进去。

到了她家，尽管她的父母都很干脆也很热情地表示欢迎，但我却比第一次更为拘谨了。当她们问及我与小眉的关系时，就更显得局促不安。

# 九

在我与小眉流着泪挥手告别时，我已是超假两天了。一路上，我想起了那份假电报，搜肠刮肚地思索怎样去对付领导的查问，可又实在想不出更好的办法来，干脆就不想了，任其自然吧。当我在小眉身边时，并没有意识到，当火车带着我迅速远离小眉后，我不得不为此感到有些心悸。

我还没放下行李，连长与指导员就跑过来向我表示安慰，并讲了一通人死不能复生、节哀的话。我看着他俩认真地流露痛心的神色，心中愈感不安。我既不能对他俩吐露真情，又不可能隐瞒真情，我清楚地知道不管是向他们吐露真情还是隐瞒真情，给自己带来的后果，都是不堪设想的。所以，我只能一句话也不讲，一边整理着行李，一边聆听着他俩的话语，还一边快速地考虑着怎样去摆脱困境。

他俩见我一直板着脸，也就只有各自哀叹了几下，友好地拍了拍我的肩膀，走了。

晚上，指导员又走了进来。那时，我正准备向小眉写信，见他来时，我慌忙收起纸笺。

他挨着我坐下，神色仍然带着真实的痛心，就像兄长一样，扶住我的双肩。我不敢正视他，只有低着头，我有种向他吐露真情的冲动。

"……指导员……我……"

"唉，冬生，别太伤心了，我知道你心里很难受，我们大家都有父母，但也都有失去父母的一天。何况，你的父亲在天之灵，是绝对不希望你为此而一蹶不振的。"

指导员抽了一下鼻子，又讲："冬生，你超假的事，我已向首长作了解释，司令部决定不予追究了，还让你去复习，参加今年全军军校统考……冬生，你一定要卸下包袱啊！"

指导员这样讲，我真是哭笑不得，可我能笑出声来吗？能哭出泪来吗？

"……指导员，我……"

"冬生，我们都是男人，又是军人，就要学会忍受。别这样，你这个样子让我难受，想哭你就大声地哭出来，也许这样慢慢就会好起来的。"

"指导员，其实……其实，我的父亲根本没有去世……指导员，真的，我的父亲没有……"

"什么，你是说你的父亲没有去世？"指导员难以置信地望着我。

我把头压得更低了，但我必须仰起头，并用有些哀求的目光望着他。

"是的，指导员，原谅我。"

我当时根本意料不到，指导员听了我的话后，竟会流露真诚的笑意。

"这就好了，他老人家究竟得了什么病？"

望着指导员诚挚关切的眼神，我还能欺骗他吗？我还能欺骗如兄长般关怀我的人吗？

"不，他根本没有什么病。"

指导员听了我的话，满脸笑意的脸一下子拉得老长。

"这是怎么一回事？"

"我……"我羞愧难当地重又低下头。

"冬生，这究竟是怎么回事？"

"指导员，你处分我吧，但……但我也是受骗的。"虽然我不能不把父亲没有去世的真相告诉他，但我坚决不能讲实话，"是一位同学给我拍的电报，他在捉弄我……"

"原来是这样，那你为什么不立即回队？"

"我……我想既然回去了……"

"可你还超假！

"好你个王冬生，"指导员倏地站起来，"你给我出难题……好，好的，你就等候处理吧！"

"呼"的一声，门被重重地撞上了。我目瞪口呆，孤零零地留在房间。

这一夜，我虽然感到事情可能会很麻烦，但并没有把它彻底放在心上。因为等指导员一走，对小眉的思恋就仿佛一张巨网铺了开来。

司令部很快对我作出了严重警告的处分，并向全团通报批评。

我并不在意一个处分，我也没有将这事告诉小眉，我不愿在我俩火热的爱河里掀起不平静的波浪。过去的已经是无法挽回，我只有加倍努力，争取考上军校，以此来报答小眉高深的爱。

可等我满怀希望地将报表志愿交给指导员时，指导员却神色异样地告诉我。

"冬生，我不得不告诉你实情，虽然我们都为你感到惋惜，但这是上级决定的，今年报考军校的考生名单里没有你……"

"轰"我仿佛中弹一般，感到眼前一片漆黑，大地给阴影笼罩了，空气沉默了，生命的气息凝固了。我经受着虚无的侵蚀，像一朵被狂风怒卷的、自己煎熬自己的火焰，周围一片空虚，心中也一片空虚。我感到自己马上就要完蛋了，前途乃至于爱情都随着指导员的这句话完蛋了。

讲到这里，你也许会认为我的格调太低了，但说句真心话，当兵图个啥？为了享几年清福？还是为了十几元一月的津贴？太不现实了。说穿了，来当兵的许多人，无非是来部队寻找出路，而我这路突然被堵死，心中的失望是可想而知的。

然而，出乎意料地当小眉知道了这件事后，我俩的关系丝毫没有受到影响。她似乎对我能不能在部队混出个人模人样并不感兴趣。你想想，这是怎样的一种爱啊！无私、赤诚，能不感人肺腑吗？

之后，我便开始混日子了，而这拿来混的日子更是浑浑噩噩、索然无味。

到了第二年秋天，对她的思恋，更加疯狂了，更加泛滥了，我旁若无人无边无际地想她，用书信来寻求心灵上的安慰，实在是已经不够了。在我的眼里，已经不再存在纪律，我需要自由自在地爱，爱是多么需要一个自由空间啊！

那次，我是深夜翻过营房的后墙出来的，并且，在次日上午下了火车，立即就到邮局给小眉挂了个电话。当我的耳边响起她那熟悉悦耳的兴奋声音时，我的心好像被提到嗓子眼，一路的疲惫与对离队的后怕心理，瞬时消失得无影无踪。小眉除了"冬生，你回来了"，我除了"小眉，我回来了"，再就没有第二句话，我知道她与我也同样激动，激动得连话也讲不上来。

中午，公交车终于像一位老态龙钟的老人，慢悠悠地开进县城。

一出站，我首先看见小眉，她那翘首顾盼、急切热烈的样子，是我们经常可以从电影和书本中看到的。若不是碍于大庭广众，我肯定会拥抱她的，而一腔热烈如火般的欲望，在当时只能化作相互仔细的凝睇了。

我俩在众多羡慕的目光簇拥中，迈着漂亮的步子，离开车站广场。

小眉将我带到一家较为偏僻的私人旅舍。一进门，我们就异常热情地拥抱着，彼此都没有言语，就这样像谁都害怕对方会马上消失似的紧紧相拥着，又像两个都酩酊大醉的人，相互依赖似的紧紧相拥着……许久，小眉推开我。她抬起手腕，看看表。

"冬生，真对不起，我还要赶去上班。"

我没有留她，我没有理由留下她，她吻了一下我的前额，拢拢头发就走了。

时间刚刚过了四点半，小眉就敲开房门，她欢笑着握着我的手，说："真对不起，叫你久等了。"

我没有讲一句话，只是又一个劲地搂着她，还一个劲地点点头。

一会儿，我俩出现在税务局宿舍大楼五楼的长长过道上。走近靠东的515房，迎面走来一位妖艳的姑娘，她与小眉如同路人地擦肩而过，但是到我眼前时，她突然停了下来，并毫无拘谨，老朋友似的拍拍我的肩。

我简直吓了一大跳。

"王冬生，还认得我吗？"她的微笑很灿烂，但有些夸张。

我怎么也想不起在什么地方见过这么一位姑娘，我也根本不知道她怎么会认识我。讲实在的，见她的第一次，就让我感到厌恶。她本来长得应该相当漂亮，不过，过分的做作反倒掩盖了她本身的美丽。我摇摇头，可她并没有因此感到尴尬与失望。走过我身边时，还故意用肩膀蹭了一下我。

我跟着小眉走进515房间，这种房子本是一个通间，被几张木屑板分离成内外两间，小眉住的是内间，我想住在外间的，一定就是刚才那位浓妆的姑娘。

"冬生，你认识她？"一进入房间，小眉迫不及待地问道。

"不，我一点印象都没有。"我挠了挠头。

"她叫敏瑛，是城南所的，原是我高中时的同学。"

晚上，我俩去了一趟城郊公园，那棵当时我想将它连根拔起的小松树似乎已经长高了些，它在晚风中摇曳着，像是老朋友似的欢迎我俩的到来。

回来的路上，我对小眉说："小眉，我们的关系已经到了这个程度，可我的爸妈还未见过你，你明天能否请个假，到我家去一趟？"

"你以为我一定会嫁给你吗？"她歪着头，装出很认真的样子。

斑驳的灯光照着她的天真。

"是的。"

"凭什么？"

我乘机在她的脸颊上吻了一下，俏皮而又深情地说："就凭这。"

"其实我也很想去看看两位老人家，我要去谢谢他们赐给我这么一位好朋友，但我又有些害怕。"

"有什么好怕的，你还能一辈子躲着不见他们？丑媳妇迟早要见公婆的，何况，你长得这么漂亮。小眉，他们见到你，一定会很高兴的。"

小眉没有直接答应我，只是好像在思考着什么，但她的沉默却无声地告诉我，她已欣然应允了。我高兴得跳起来，真想把怀中急促喘气的她揉碎。

第二天中午，我俩到了家。家中一个人也没有，连邻居一位寡居的七十多岁的族里老太太也不在。于是，我俩就在这个房间，就在这张床上，肆无忌惮地亲吻、抚摸、拥抱，直到两人都累得不行为止。

是啊——我现在还时常梦见那天的情景，我就坐在我这个位置，小眉坐在我的膝盖上，双手搂住我的脖子，脸颊紧紧贴着我的脸颊，欣赏着窗外浓浓的秋色，吮吸着田野散发出来没有污染的秋的芳香，是那么地兴奋，那么地陶醉，好像从来没有观赏过秋天一样。

"多么美的景色啊！冬生，我真有些把持不住了，我要醉了。"她微闭着双眼，真醉一般的自言自语。

的确，我也要醉了。不过，只要有她守候在身边，不管在何时何地，我都会醉的。

我俩就这样依偎着，有时高声狂呼，有时亲昵地低语，直到妈妈狂喜的惊叫声才把我俩从若远若近的美景中拉了回来。

一会儿，爸爸担着两捆木柴，也回来了。

吃晚饭时，爸爸妈妈不住喜欢地打量小眉；小眉一边大方又有些羞涩地应付着，一边又不时地给我偷偷抛来简直是勾魂摄魄的目光。虽然我仿佛被爸爸妈妈遗弃似的晾在一旁，但我的内心却一直处于一个极度兴奋的状态。

吃过晚饭，小眉同妈妈收拾好厨房，就与妈妈一起走进房间，并肩在床沿坐下，手拉着手。这一夜，妈妈谈得相当起劲，还故意谈起我小时的一些坏习惯，小眉为此似乎特别感兴趣，仿佛喝了迷药般微笑着聆听着，爸爸则坐在一边幸福无比地一个劲地抽着烟卷，还不时发出"嘿嘿"的声响。

到了十点多，与我家仅一墙之隔的小姨走了进来，精神有些松散地对我说："冬生，你们再坐一会，我给你留着门。"

小姨强打着精神，用农村妇女特有的方式与语言夸赞了小眉一番，就打着呵欠走了。

这时，妈妈也现出疲惫的样子，看看我，又看看小眉，说："小眉，我们把冬生交托给你了，你一定要好好地管教他，好了，你们再坐一会，我与你爸先去睡了。"

我知道，在这个季节，农村是最忙的，农村里的人是最累的，何况爸爸妈妈都是上了年纪的。

我与小眉又谈了一会，也起身向她告辞，准备到隔壁小姨家借宿。

"小眉，今天你也够累了，还是早点休息吧。"

小眉一把拉住我，露出吃惊的样子。

"难道你真要住到小姨家？"

"放心，小姨家就在隔壁。"

"不……冬生……我怕……"小眉低着头说，"不要走，好吗？"

我已记不清当时自己是怎样答应她的，反正我是留在了这个房间。不能讲是出于她的挽留，实际上，我又何曾不想留下来呢？大凡恋爱过或正在恋爱中的人，那一刻的心情都会像我俩一样的。不是吗？这不能讲是邪念，而是真正的难舍难分。

我们坐在床沿相拥着，一直到凌晨三点，我才铺了地铺，熄了灯。

我静静地躺着，努力不弄出一点声响按捺着骚动不安的心绪。小眉也没有睡着，因为她一直在翻身，我还似乎听到她的心在狂跳，还有娇柔急促的呼吸。

窗外，月亮俏生生地挂在天边，把银辉筛进房间，把小眉那富有魅力的身躯映得若隐若现。我感到一阵阵眩晕，在这种眩晕中，正经羞涩的外衣被剥得一干二净，只剩下一股渴望满足的烈火在血管里疯狂地奔突。这是种由于本能的欲念猛烈勃起所产生的眩晕。我强迫自己闭上双眼……

朦胧间，我听到小眉弄出一种比较响的声音，继而，轻咳了几声。

"冬生，你睡着了吗？"她低着声问我。

"嗯。"我故意将声音压得很沉，让人感到确实实如在昏睡中一般。

"扑哧"一声，她笑了起来，"你在想什么？"

"我在想……不，我什么都没有想……"

"冬生……你真的爱我吗？"

"这还用问吗？"

"不，我要你说，你真的爱我吗？"

"爱，太爱了。"

"不论遇到什么事，永不变心？"

"是的。"我不假思索地答应着。

"冬生，你真是个好人。"小眉停顿了一下，又说，"你……能睡到床上来吗？我好怕。"

"小眉……别怕，我就在你身边……"我强行压抑住心中一团乱窜的火焰。

"过来吧……冬生……"

我心中的那团火焰终于浑身燃烧起来。我哆嗦着摸上床，小眉一把搂着我，把脸拱进我的胸怀。

我像干了坏事一样，一动不敢动，任凭她爱抚，"……小眉……我爱你，真心的……"

"冬生，你要我吧，我不怪你。"

我心中坚守的堤防一旦崩溃，即如一头发了狂的野兽，扑向她，喷着粗气。

她一如一只温顺的羊羔……

我把她压在身底，吻她额头、脖子、嘴唇……

小眉细声地呻吟着。

我越发激动起来，动作也大了起来。当我的嘴唇碰到她的眼睛时，感到一种咸咸湿湿的液体在她的脸颊上流动。

"小眉，怎么啦？"我不明白出了什么事。

小眉"呼"地在我身底下挣扎出来，双手捂着双眼，浑身在剧烈地颤抖着。

"冬生，我对不起你，真的……我对不起你……我不值得你爱……"她的声音很痛苦地颤抖着。

"小眉……"我莫明其妙地呼了一声，扳过她的肩膀，盈盈的皓月深深地斜射进来，月光照得连小眉耳朵凹凸的线条都清晰地浮现出来。

小眉仿佛心中深藏巨大悲伤般地哭泣着，低声地啜泣着，双肩在不停地抽动着。

"冬生，你会恨我的，在柳镇……我对不住你，冬生……可我不得不告诉你……"

我的热情渐渐凉了下来，身体如掉进了冰窟，双手慢慢地从她的肩膀无力地滑落。

十

小眉一纵身，扑向我，痛苦地说："我并不知道他是衣冠禽兽，在他狡黠的微笑中，我感到如在……如在兄长身边一样的安全……但我瞎了眼睛，聋了耳朵，哑了嘴巴，失了理智……我简直不敢去想，因为……因为我一想起过去，一想起那龌龊的往事，便像有把刀在割我的肉，挖我的心，我为自己的过去恶心得要吐……冬生。我一直在小心翼翼地避开那件事，我要把这件事彻底忘却……但……但我能欺骗你吗？……我不想啊……"

小眉讲得透不过气来，她伏在我的肩膀，啜泣着断断续续地哀痛诉说着。

"……冬生……自从向你写出第一封信后，我每时每刻都在请求上帝……请求上帝能宽宥我……我并不是一个放荡的女人……冬生，你在听我说吗？这并不是我愿意的……可我走错了一大步……我被他叫到值班室，我以为他找我有事，可……一进门，他就把门锁死，开始跪在我面前……说要跟我好，我没有同意……他便凶神恶煞般扑过来……我拼命反抗，但又拗不过他那发狂后的双臂……我想喊救命……可我根本连气都喘不过来……冬生，我是不愿意这样做的，我刚到单位，人和业务都很生疏……他关心我，……帮助我，我原来很感激他……视他为兄长……不想他是个人面兽心的家伙……他有妻子、孩子……我恨他，我恨透了他……可是……冬生，原谅我，相信我，我对你讲的真话，是由于我真心地爱你……冬生，你讲过不论遇到什么事，都会爱我的，是吗？我把你当成朋友，当成知己……你说话啊……你为什么不说话……"

我泥塑木雕般瘫软在床上。山村的夜静得要命，静得只剩下小眉痛悲欲绝却强压声响的啜泣声。我不知道出了什么事，我不知道自己做错了什么，只感到一股怒气和屈辱让我胸口憋闷，喉头哽噎。黑暗中，小眉跪在我的面前，把冰凉的脸埋在我的胸脯上，眼泪顺着我的腋下无声地往下流淌。我的脸碰到她的头发，心中有种柔软无力的感觉。

"……冬生，知道吗？当时……当时，我真想自杀……可……"半晌，她深深地抽泣一下，悲痛而无力地继续对我说，"……是你炽热无遗的爱重又点燃我对生活的欲望……我想，这个世界上总会有好人的，应该有，应该有幸福……没有欺骗……我并不怕死，可我是不甘心啊……冬生，你是好人，从我十四岁对你有朦胧的感觉起，我就这样认为……可这次……你……你一定要把我救到底……冬生……"

这时，躺在床上的只是一堆男性的肉体，我的灵魂早已出窍，飞到一个不知名的地方。"冬生……我在内心的世界中激斗了很久……也徘徊了很久，生与死的主导思想在交替更换……最后，我还是抵挡不住爱情的诱惑……本来，我可以不告诉你这件可恶的事，但……但是，我也许可以隐瞒你，我还能欺骗爱情吗……冬生，是不？我们对爱都应赤诚相待……"她用手不停地在我僵硬的脸上摸挲，呜咽着说，"你要告诉我，为什么你一句话也不讲？冬生……你是讨厌我了……嫌弃我了……不要我了……是吗？你讲啊，你讲话啊，冬生……是不是这样？冬生，不是这样的，对吗？你讲话啊……冬生……为什么……"小眉顿了一下，用已经沙哑的声音继续说："我不是愿意做一个下贱的情妇的，我也鄙视那些委身他的女人……可我能鄙视自己厌恶自己吗？可……可除了一死，我又能做些什么呢……冬生，我不是那些在男人面前卖弄风情的女人，我是迫不得已的，我是受骗的……我太软弱了……太无知了，事发后，我只能……只能独自躲起来哭泣，我不敢告诉任何人……也怕见任何人，更不敢去告他，我想避开他……可他要么楚楚可怜地跪在我面前哀求，要么恶狠狠地恐吓我……我一个身在异乡的女孩在他的魔掌下……又能怎样……我只能抱着他与妻子离婚的欲念……一次次不反抗地去满足他……背转身，我只能哭……我哭我自己……我……"

在一种神奇力量的驱使下，我的灵魂终于回复到体内。我想吻她，她拒绝我。

"……我哭自己的命，哭自己的懦弱……但我哭过又能怎样？我无法改变现实……"

月亮渐渐沉入山吞，但还是给房间留下一些光亮。小眉的泣诉让人难过，让人想哭，我虽然心潮激荡起伏，但一直沉默地听着。小眉的这个故事完完全全地超过了我的思想，以至于她越是苦诉，我越相信这一切是不可能的。一直以来我除了害怕失去她，压根就没有想过任何此类问题。在我眼中，像她这个楚楚动人、纯真可爱的女孩，根本不可能有这么可怕的过去，根本不可能是那些女孩中的一个。诚然，在这个金钱至上肉欲横飞的时代，一个女孩的失身是平常之平常的事，谁都大可不必大惊小怪大呼小叫，但小眉不会，绝对不会。我想，小眉尽可以用其他方法来考验我对她的爱是否忠贞，何必要用令我极其难堪的一种呢？难道……我的心尖轻轻地哆嗦一下，但我闻着她秀发里散发出来的清香，不免小心地伸出手拍拍她的肩膀。小眉的身子一颤，抬起黯淡的脸，眼泪在她的眼睛里发亮，眼神诚实而深沉。我的喉头咕哝了一声。

"小眉，我敢做一些非常危险的事，但唯独不能听到你这种犹如用刀割我心的故事。因为我的心本来就已经在惶恐不安中，小眉，我怕失去你。真的，你越这样，就越使我感到危机的存在。小眉，我不会相信的，即便这是真的，我也会既往不咎的，小眉。"

我不是在哄骗她，在当时我讲的这话完全是真心的，发自肺腑的。

小眉把头发往耳后一拨，继而露出一双不安又楚楚可怜的眼睛，不敢相信地望着我。

"小眉，求求你，别折磨我，你这可怕的故事会使我发疯的。小眉，求求你。"我恳求道。

"……可怕的故事？你以为我在编撰故事？一个可怕的编撰的故事？……"

我一把捂住她的嘴。

"小眉，只要我俩能真心相爱，什么障碍都阻拦不了，都会无路自通的。"

眼泪在她的眼里直打转，她忍着忍着，终于还是像断了线的珍珠落了下来，我抬起手替她轻轻地擦拭，这样一来她反而呜呜地哭了，我只得搂着她的肩膀，像哄小孩似的哄着。

"别哭了，小眉，好了，请相信我，这辈子除了你，我别无他求。真的，好了……"

小眉渐渐平静下来，她重又趴在我的胸口，双手搂住我的腰，声音激动得发颤。

"真的吗？冬生，我知道你会这么做的，你是上帝赐给我的神，可你千万别埋怨我，今后我不再讲这个故事了，原谅我。"

"小眉，我凭什么埋怨你，你是我的一切，没有人也没有事能够把你从我的身边夺走。"

"你敢发誓？"小眉燕语般地说："你应该相信我，不论什么时候，我都属于你，永远属于你。"

我相信你跟我一样，电影里小说里见过太多信誓旦旦的情人，最终还是分手了，轻则背信弃义，重则反目成仇。所以，我听了小眉的话，不觉笑出声来。

"难道你相信誓言？难道爱情可以因为誓言而天长地久？小眉，誓言是只需两片嘴唇就可以完成的，而内心的伪装不是誓言所

—爱情会逝去，但我们必须留下

能左右的。"我把小眉拥进怀中，我感到一阵麻醉，一股凉爽轻松的快感，这感觉激动得我蠢蠢欲动。"小眉，爱情不在于是否靠得住，而在于是不是令人幸福，只有幸福感的爱情才是真正的爱情。小眉……"

一股热烘烘的感觉在我的小腹流动。

小眉浑身痉挛般避开我。

"不行吗？"我有些委屈讪讪地问。

"不，不，"她几乎是带着恐惧地说，"冬生，你会后悔的，最终你会反悔的，最终你也会发现我并不是你想象的那种女人。但如果……如果你想要……就……就可以把我随心所欲，不管什么时候，什么地方，只要你需要……冬生，因为我就属于你，从我俩相爱的那天起，我的命运就同你的命运联系在一起。冬生，但是请你千万不要把你的前途和我们的未来联系在一起，这样……这样的话，你会很不幸的，老天爷对你太不公平了……冬生，我属于你，从心灵到肉体……"

"不要讲，你要这样讲，我真是无地自容了。俗话讲，有妻如此，夫复何求——"我重又拥住她，将自己的脸埋在她的发丛中。

"我要讲，一定要讲，每每看到你赤诚的目光，每当我感受到你炽热的爱，我简直会无地自容，内疚自责无形中死死缠住我的心。冬生，你干脆只将我当成是逢场作戏的情人，好吗？这样，我的心会好受些的，冬生……"

我没有回答她，只是用火热颤抖的嘴唇封住了她的话。我心中但愿一切都没有发生，一切也一定不要发生，我只有爱，只有如火山爆发般的爱。这种爱不能讲是有邪念的因素，虽然产生了对肉体的强烈欲望，但我以为爱离不开肉体，离开肉体的爱是不健全的……

我在迷迷糊糊中醒来时，小眉早已起来了，我感到从未有过的筋疲力尽。

　　我肿胀的眼睛凝视着床单上的皱褶，回想起在这床上所发生的事，心中有过一些酸溜溜的内疚。感到自己不应这么粗鲁，让她过早地委身自己，刹那间，我又感到不安，因为我考虑我俩的爱情将来会成什么样子而非常惶恐。

　　我并没有为自己拥有天使般的肉体而沾沾自喜，不管过去我曾那么深深地渴望过。

　　想了一会，只觉得头脑昏昏沉沉的，提不起一丝精神，于是，又睡着了。

　　过不多久，又醒了过来。

　　我看见小眉已在房间，她一手拿着扫帚，一手拿着簸箕在扫地。

　　"醒来啦？"她红肿的眼望着我，有些含糊不清地对我说。

　　"你饿了吧，要不要我将饭菜端进来？"小眉站在床边，像一位很出色的家庭主妇在关心着自己心爱的丈夫。

　　我望着她，激动得又捉过她的手，放在唇边，吮吸着，"小眉……你不累吗？"

　　"我……"小眉微笑着，由于睡眠不足而有些灰色的脸潮红起来。为了掩饰自己的羞赧，她拿起被角一掀，一丝不挂的我顿时全部暴露出来，她慌忙背过身，双手捂着双眼，跺着脚，"你起来，我叫你起来嘛。"

　　我双手圈着她的腰肢，乘机把她拉进被窝。

　　"冬生，你饶了我吧……妈妈会看见的……冬生……快放开我……"她的脸涨得通红，一边挣扎，一边娇喘，"冬生，妈妈进来怎么办……"

　　女人这个天生的尤物，一般在自己的爱情到了一定程度下，往往会在男人感到这个世界只剩下一股本能欲望的时候，送上一个酥身软骨的吻，然而，她们并不是把进一步的东西给你，而是不顾正在心迷意乱的你，径直离去。因为她们需要这样一种效果，不轻易被对方占有，而自己却能永远独占对方的心。她们相信自己有本领扇起对方全部的热情，一种迫切得到发泄的热情，而这种热情会在可望而不可即中变得更加疯狂，这是种可爱的疯狂，在这种疯狂情绪的驱使下，对方的心就会轻而易举地被自己主宰。

但是，小眉却似乎不需要这种占主动权的最佳效果，她需要的只是一种倾心的爱。

中午，我收到一份加急电报：

　　冬生接电速回

电报是部队发来的。

当时，小眉用紧张的目光询问过，我并没有把情况真实地告诉她，而只是一味用其他话题将这件事敷衍过去。

小眉当然是相信我的。那时我仿佛就是她的上帝，我的话就是圣旨。

要把我俩生活中一些琐碎的故事详详细细地告诉给你，是一件不容易的事，我只能讲一些深深烙印在脑子中的经过。这种生活在当时对我来讲，是一些孩子般却很富有魅力十分有趣的嬉戏。你知道爱一个女人或被一个女人所爱是怎么一回事，你也知道分别与相聚、白天与黑夜，晴天与雨天，在两个相爱的人来讲都是相等的，他们只有对方的影子与话语，总之一个执著的恋字就可以概括出来。你不会不知道共同分享与相互信任的热烈的爱情，它完全可以把所有搁在脑后，甚至是感到世界已浓缩成了两个影子。对身旁的任何一个人或一件事都成了多余的庸俗的，只能成为俩人的衬托物。我被这种爱燃烧着，头脑既不是思索，也不是回忆，心中只有一个念头，那就是排除一切干扰这种爱的思想。

因为我与小眉都不忍使我俩的爱揉进风沙，因此，我俩默契地绝口不提一切影响我们情绪的话题，犹如避免撕揭一个伤者的伤疤。

　　从此之后的几天里，晚上，我们经常坐在这个可以俯视溪流、可以看到田野、可以仰视上苍的窗口，倾听小溪淙淙的欢唱，倾听夜风送来美妙和谐的天籁。有时俩人相拥着一直到天明，有时俩人整夜在床上疯狂。白天，我们拉上窗帘，不让一丝光亮透进来。外界对我俩来讲，几乎已经消失，我俩就像沉浸在爱河之中的潜水员，只有在必要的时候才浮上水面，换上一口气。

　　你一定很想问我一件事吧，我知道你一定很想知道当时我与她有了肉体的关系，却为什么还会认为小眉的故事是编撰出来，是把它拿来考验自己的。不，其实我听到她那么真诚痛苦地对我诉说时，我就相信了，真的。但是我不愿相信，我拼命罗列往日里她对我所起的作用与影响，从精神上寻求依然纯洁的她。

　　讲到这时，我很有必要向你声明一件事，我之所以大言不惭地把我与小眉的私事告诉你，并不是宣扬一种肉欲，我只是想把故事更贴近真实更富人情地直截了当地讲述出来，没有必要把事实遮遮掩掩。

# 十一

然而，这块伤疤很快就被揭开了。我恨那个揭开伤疤的人，否则，我根本就不愿意去相信小眉不幸的过去，即便恍惚中有为此事而引发自己内心的阵阵隐痛，即便迷迷糊糊让自己一辈子被知情者背后戳背梁骂王八。因为，我同样可以无止休地享受小眉天高地宽般的爱，但伤疤被揭开了，我看到了血，闻到了腥，幻想破灭了，圣像被污秽包裹了，太阳掉进了盛满粪便的臭水池，我忍受不了了。

一个礼拜在你死我活中很快地就过去了，我同小眉双双向父母挥手告别。

那天早晨，我陪小眉乘早班车回到城内。小眉稍在旅馆里坐了一会，就去上班了。

中午，小眉愁眉苦脸地来到旅馆，一推开门，就朝我大声地嚷嚷："倒霉透了。"

"什么事？小眉。"我吓了一跳，忙从床上跳下来。

"休假了几天，竟有人乘此将我宿舍进行了一次洗劫，就连一条刚买的牛仔裤也被拿了去……真气死人……"

我把一脸懊恼的小眉扶到椅子上，坐下。

"眉，先别急，你告诉局领导了吗？"

"告诉了，可告诉了又有什么用呢？他们只会讲往后自己注意点，真气死人。"

"眉，那你自己的心中有个底吗？比如在与你接触的人当中，有谁曾有过此类丑行，有谁……"我想我当时极像一名侦探。

"让我想想，"小眉哭丧着脸，低头沉思了一下，再把头一仰，恍然醒悟般地说："难道又是她？"

"谁？"我所有的精神似乎都集中在双眼，直勾勾地盯着她。

"对！没错，不可能是别人，一定是她。"

"究竟是谁？"

"敏瑛。"小眉肯定地说。

"敏瑛？……就是上次在宿舍碰到的那位？"

"对。"

"你有根据吗？"

"有，怎么没有呢，她与我在读高中时是同桌，关系相当不错，后来，我发觉自己时常丢失的东西，不久都会在她的身上出现。就是分配到税务局后，她也有过劣迹，多次被局领导批评，这是其一，其二……"小眉迟疑了一下，继续说，"其二是，她最近被男朋友抛弃，她就跑到男方家大闹了一场，把人家一台24寸的彩电给砸了，男方将她给告了，要她赔偿三千元，你也知道我们的工资就那么一点，何况她最爱打扮，常常是一套衣服就得几百元，更何况她与我共住515房，虽有一墙之隔，可她晒衣晾被必须经过我的房间……"

"有道理。"我赞同地说。

"可又有什么办法呢？我们手里又没有确凿的证据。"小眉显得十分无奈。

我思考了许多，显得信心十足，"小眉，你放心吧，我一定要叫她露出尾巴。"

小眉急切地握住我的手："你有什么办法呀？要么还是算了吧，又不值多少钱的。"

"那不行，如果真是她，假如放纵她，以后她会变本加厉的。"我故作高深地吻吻她的额头。

晚上，小眉按着我的意思将一张纸条粘贴在敏瑛的蚊帐上，纸条上我这样写着：

君子乎？贼子乎？令人不耻。

我为自己高妙的杰作而得意非凡，我以为倘若小眉的东西果真是敏瑛偷了去，那她看了纸条后，一定会有种被人揭穿秘密的恐惧心理，这种恐惧心理后的惊慌失措尤其更会在小眉的面前暴露出来。小偷就像老鼠，一有风吹草动，绝不可能丝毫不露声色。这样，即使索回不了被盗的物品，但至少会让她内心惶惶如过街老鼠也可让她改过自新。

第二天，小眉刚去上班，我就怀着胜利者的心情，故意装出若无其事的样子，来到税务局宿舍五楼。我本来希望能碰到敏瑛，看看她的神色有何变化。但楼道空荡荡，一个人也没有。我用小眉给我的钥匙打开515房，蚊帐上的纸条已被撕去，只留下胶水斑斑点点的痕迹。我又进入小眉的房间，首先闯进我眼睛的是一张与我昨天裁剪得一般大小的纸条，端端正正地贴在蚊帐上。

上面写道：

君子乎？淫妇乎？叫你王八。

我忽地感到心跳气促，气血逆流。那张随着蚊帐摇摇晃晃的纸条，在我眼中，一会儿成了一张张牙舞爪的脸孔，在向我龇着牙，示威似的狂笑；一会儿又成了小眉那爬满泪痕的脸孔，在苦痛地哭泣。我双手紧紧地抓住胸口，仿佛被一种从未有过的山呼海啸而至的侮辱感所掩埋。

我不知道自己是跑、是逃、是爬、是滚地下了楼梯的，我只知道当自己经过门岗时，那高个子门卫的目光是惊奇的怀疑的。我想当时你倘若也在场，你的目光肯定也是这样的。因为上去与下来仅那么几分钟的耽搁，我却是已判若两人。

这一天，我滴水未进，只是躺在床，急躁地等待着。一天真长啊，时间仿佛走错了路，我觉得自己快要死了，就故意将床弄得嘎嘎直响，以证实自己还活着。有时，不知哪来的一股力量，"呼"地从床上跳下来，在房间里来来回回地踱步；有时，摊开双手双腿瘫软在床上，屏着呼吸，如死人一般。总之，我不知要做什么，但又什么都不想做，我坐卧不安，心烦意乱，心中如装了上百吨烈性炸药，马上就要炸开胸口；又像一只笼中困兽，更像残暴的天神，马上就要施行狂风暴雨。

这天，小眉是中班，所以到了下午五点一刻，小眉才兴高采烈地推开房门。

我装作既没听见又没看见，微闭着双眼安静地躺在床上。狂风暴雨来临之前，也是这样的。

"冬生，你的办法真高明，今天早上我见到敏瑛果真是心怀鬼胎心神不定，老用异样的目光看我，仿佛是乞求宽恕一样……"小眉欢快地到床沿坐下，一边兴奋地述说着，一边抓起我的手。忽然，她惊呼道，"冬生，你怎么啦？你的手这么烫……"

我没去理会她，只是用火一样烤人的目光死死地盯着她说话时的每个动作。

"冬生，"小眉见我不吭声，痛心地拥着我，说，"是不是太闷了？我们到外面去走走吧。"

我继续保持着沉默，不屑地怒视着局促不安的她，感到她的每个动作与每句话都是那么虚伪那么令人厌恶。

"冬生，别这样，好吗？"她像猫咪似的伏在我的胸口，无比幽怨地说。

"哈！哈！哈！"我居然就在此时笑出声来，这声音不知是从什么器官发出来的，连我自己也感到很难听，很骇人。

小眉"倏"地离开我，惊恐万状不敢相信地望着我，一步一步地往后退缩。

我笑过之后，我流泪了。这是种非常复杂的感情，有愤懑，有哀怨，有屈辱，有……不，像是刚被强暴后的女人。我鼻底下轻蔑地轻哼一声，把那张纸条恶狠狠地扔给她。

小眉颤抖地捡起飘然落地的纸条，脸色变得僵硬而苍白。"扑通"一下跪在我面前，声泪俱下地乞求道："……冬生……宽恕我，你讲过会既往不咎的，对吗？冬生……"

在小眉那艰难的喘息与那凄苦的声音里，我似乎自己受欺骗受侮辱的感觉更浓起来。于是，抬起一脚，她便如土豆一般滚到墙角。我又如饿狼似的扑过去，绞索似的双手死死地卡住她的脖子。怜悯与良知电光火石般仅仅闪了一下，疯狂与力量又控制了我。小眉在我的身下无比愤恨地、难以言喻地、冤深似海地痛苦地抽搐着。

我血红着双眼，拍拍手掌，如一头战胜的公牛，满足于胜利的蛮汉。但不知怎的，我心中非但没有胜利后的那种激情与欢愉，反而为这种胜利而感到沉重和悲哀。因为，我在没有了理智的情况下，依然能清楚，被自己战胜的不是敌人，而不过是一位软弱的女人，我还更清楚，被自己打翻在地的，是自己魂牵梦绕深深爱着的女人。

我从她的身上爬起来，又一把拎起来四肢萎蜷、仰卧在地上的小眉，一只手捏着她的下巴，声嘶力竭地吼道："杨小眉！告诉我，快告诉我！这不过是她无耻的计划，是她存心要破坏我们的爱，快告诉我，杨小眉，快……"

我的泪如开了闸的河水，在脸颊上滚滚流淌，心里一阵阵剧烈的疼痛。

小眉并没有回答我，只是瞪着蕴藏着既不是为做错了事而忏悔，也不是对我凶行表示反抗的眼睛。那荡漾着泪水却射着逼人的光辉里，有种对失去什么的绝望与对爱的深深眷恋。

这使我突然感到战栗，突然感到苦楚，突然感到不安，突然感到内疚。我甚至有过刹那间对自己的暴行痛恨与讨厌的感觉。

小眉就这样惊恐地盯着我，许久，才"呜"地哭出声来。

"冬生……我也多么希望这不是真的，可我讲过，我能对爱情讲假话吗？冬生……"

我几乎要昏厥过去，挣扎着站立着，扶着墙壁，那种冥冥中忽然感觉到的东西一闪即逝，像是被迷住自己双眼的泪水浇灭了，我咬咬牙。

小眉跪着抱着我的双腿，把头埋在腿间，"……冬生……虽然这是真的，可他只夺去了……我的肉体，我的心里只有你一个……"

"哈！哈！哈！"我又一阵如枭鸣般的狂笑，笑声中充满凄怆，充满轻蔑，充满嘲弄，"哈哈哈……这是真的……这是真的……你竟然会承认自己是淫妇，下流不堪的淫妇！好，杨小眉……好的……哈哈哈……"

我一阵狂笑后，冲出房间。

"冬生，等一等，你难道不留给我一些机会吗？冬生，你的心真狠……呜呜……"她一边跪着向我爬过来，一边哀号道。

我回过头，用迟疑的自以为平静的目光看着她，"小眉，你不必解释，也不必为自己辩护，我知道一切，我知道男人与女人是怎么一回事，你是开脱责任，妄想！"

我把门重重地撞上，七高八低地走出旅馆，走上人群熙熙攘攘的街道。可我面对着这一张张脸上呈现着各种各样表情的人，能怎么样呢？而对着这纵横交错的大街小巷，能走向什么地方呢？我发觉所有的人都在偷偷地交头接耳议论我，都在私下里耻笑我。可是，我能对他们怎么样，我又能躲避到什么地方，我不知道，什么都不知道，甚至一点儿欲望也没有。我只是想痛快淋漓地发泄一顿，大哭一场。

来到电影院门口，想不到竟遇见敏瑛，她推着自行车迎面而来，见我时，她并不躲避我，而是让我始料不及地故意撞我一下。

"他妈的，你瞎眼啦！"仇人相见，分外眼红，我破口便骂，样子一定很凶。

那时，确切地讲，我完全像一只见人就咬的疯狗，不管什么人招惹我，我就会把满腔的愤怒发泄出来，何况还是敏瑛。

"哎呀，是冬生啊，你这是……"她非但没有发怒，反而用自行车挡住我的去路，像是见到久违的老朋友。

我怒不可遏地将她推了一个踉跄，"我不认识你，你给我滚！滚……"

"可我认识你啊，冬生。"她娇媚地一笑，架好自行车，把鲜红的嘴唇凑到我的眼皮底下。她装得很像，脸上还堆着惊讶，"怎么就一个人，杨小眉呢？"

我对她厌恶地赶苍蝇似的挥挥手，"滚！滚开！"

她见我不理，卖弄似的朝我诡秘地笑笑。说："当然，我也知道你正在骂我装模作样，我知道你为什么会这样，可是，王冬生，你也值得为小眉这种女人难过吗？你是男人，应该知道怎么样去做。你在恨我，这我理解，可我是被生活逼出来的，这总比一个女人去勾引一个有妇之夫要强些吧，你讲呢？王冬生。"

是啊，偷东西总比偷汉子强些。

我可以肯定这个女人已经知道我与小眉已陷进了她精心设计的圈套，她要离间我与小眉，她知道这样会给小眉一个致命的打击。她之所以要这样做，一是因为她要报复小眉，小眉也告诉我她俩积怨颇深。二是从她那火辣辣的目光中，不难发现对我情有独钟，她玩的是一箭双雕的绝招。我当时恨死了这个女人，但我又顾不得这种恨，我空虚的心急需一种新的感情来弥补，就像一只饿极的狗，需要一块骨头。

女人的失身犹如拙笨的野兽掉进狡猾的猎人所设的陷阱，也只在稍微大意的刹那间。其实，我对女人的身体是否有过玷污，并不尤为看重。比如一种是失身于强暴，一种是失身于恋人，但对于小眉的那种失身，却又另当别论。我近些天还在考虑这个问题，如果当时小眉的事情没有其他人知道，如果当时自己不那么心高气盛，虚荣心也不那么强，如果当时自己能设身处地地替小眉多想想，那么结局就完全不会是这样的。因为小眉的失身虽然另当别论，可她给了那个男人的只是身体，而给了我的是全部身心。

敏瑛是失身于恋人的。

失神的我，浑身酸软，毫无主意，像一截木头被敏瑛硬扯硬拉拖到她家。

她家离电影院并不远。

到了她家，她妈——一位年过半百的老妇慌忙迎上来，"敏瑛，这是……"

"妈，您别管我的事，快去做饭！"敏瑛扶着我，连看都不看自己的老妈一眼。

进入她的卧室，她关上门，转过身，胜利地莞尔一笑。

"坐吧，冬生。"她脱去外衣，随便地扔在床上，指着床沿对我说，"家里我也是很少回来的，你也看到的，这样可以免得听老娘的啰哩啰唆。"

我怔怔地望着她，心中开始发烧，发觉自己正向她更深的陷阱陷落，但我不知道是无力自拔，还是不愿自拔。

"坐啊。"她娇吟地拉着我的手，说，"这里没有外人，你尽可以发泄心中的不平，随便点。"

我惊瞥了一下乱糟糟的房间，推开她。

"你还在想那宝贝小眉？"她有些失望。

当她一提到小眉，我很自然地涌起怒火。

"敏瑛，小眉的东西是不是你偷的？"

"是又怎样？"她斜看着我，漫不经心地说。

"不过这一次不能算偷，我只是想借此引起你的注意，我已经痛改前非了。"

我一把反剪她的手，她尖叫起来。

"你弄痛了我，快放开！"

我顺势将她用力地往前一送，她"呼"地撞在墙上，并扬起惊恐的脸。我走上一步，咬牙切齿地说："告诉我！你是在诽谤，杨小眉不是那种人！"

"你是要我睁眼说瞎话，难道你愿意听别人的假话来满足自己心理的残缺？"敏瑛倒吸了一口气，用手背拭擦着嘴角的一丝鲜血，接着说，"冬生，我知道你对爱是很严谨的，这是每个女人都需要的……冬生，我对你的感情已经快半年了，那是我偶然偷看了你与小眉的信后，我便经常想方设法偷阅你的信件。每当我读到你的信，就仿佛这信是写给我的，心中有讲不出的骚动。我曾下决心要得到你，可又苦于一直没有机会。冬生，男人没一个是好东西，他们只会把女人当作发泄的工具，但你不同，你在信里所流露的情深意切，令我感动，令我兴奋。冬生，我知道你对小眉的爱高深莫测，可我不想骗你，尽管我的心中是多么愿意帮助你，但爱是自私的。真的，冬生，我爱你……"

想不到我的艳福还真不浅，竟还有女人在暗恋着我，但我并没有为之激动，我的脑子里全是当天所发生的一切。我本来是多么希望敏瑛能屈服自己的凶恶，即便我很清楚她是被迫不得已的，我倒能十分乐意地去接受这种善意的欺骗。敏瑛没有这样做，我不能接受这个残酷的事实。

我浑身的血液"呼"地凝聚起来，又"呼"地散开，只觉得自己所处的光明大殿塌了下来，自己被残瓦颓垣深深地埋葬起来，找不到一丝光明。我又觉得令自己如此痛苦屈辱的罪魁祸首，并不是小眉与那龌龊不堪的男人，而是敏瑛。

敏瑛挣扎着，扶着墙壁，从我的脚下艰难地爬起来，目光中丝毫没有恐惧，甚至没有责怪我的鲁莽。

我紧攥着拳头终于斗不过她的那种表情，便慢慢地松开了。

"冬生，你一定很瞧不起我，有时连我也瞧不起自己。你知道吗，我很早就没有父亲，我姐妹仨一直靠母亲微薄的收入维持生计，由于心理不平衡，我自小就养成了贪小便宜的习惯，加上我以前找的几位男朋友，一个个都全是混球，我感到前途无望，我变得玩世不恭。但自从暗恋你后，我发誓要改变自己。冬生，你能帮助我吗？"

我对她勇敢的表白并没有感到震惊，我的眼光缓缓地从她身上挪开，倒吸了口冷气，用手按了按她的肩膀，"对不起，我不该如此对待你，你讲的是实话……谢谢你。"

说完，我就转身朝门口走去。

敏瑛一把将我拉住，扑在我怀里，纤细的手指，柔软而灵巧地游移于我的脸上，深情而又呻吟般地喃喃说道："冬生，你不要走，我真的很爱你……"

我的眼前瞬间仿佛出现了朦胧连绵的高山，瞬间又仿佛出现了波澜起伏的大海。忽然，又如置身在云雾之中，迷雾重重的，路径莫辨。蓦然间，我像滑了一跤，从云雾里向下坠，向下坠……好不容易落在地面。我惊骇地回望，四周都是火，火的海，火的森林，火的天空。我终于被热浪扑倒在火的床上，眼前出现了一片宁静甜蜜的梦境……

"冬生……我爱你……冬生……"她轻吟着梦呓般地呼唤着，身体蛇一般地扭动着。

我惊诧地望着躺在自己怀中的女人。

"啊——"我松开手，"小眉……小眉……是你吗？真的是你吗？……"

　　"……冬生，是我……小眉不值得你爱……我是敏瑛……冬生，你知道吗？"

　　亲切而柔和的声音又在我耳边响起。我睁大双眼，望着她，望着她那因幸福而微闭的双眼，因激动而蠕动的嘴唇，顿时清醒过来，手触电般从她的内衣里抽出来。

　　"……不！她不是小眉，是她要我与小眉分手的，是她……"我想。

　　她如水蛇般紧紧地缠绕我，热烈地吻着我的脖子，吮吸我紧闭的双唇，亲我的双眼。顿时，这个女人又变成了小眉，我惊喜地搂着她。

　　"小眉，我爱你，我离不开你……"

　　"冬生……"她的嘴唇突然停滞在我的鼻尖，伤心地睁开双眼，但似乎仍然抱着希望地贴紧我，"冬生，难道你真的只有她，她是淫妇……"

　　火光消失了，幻想破灭了，我发觉自己是在犯罪，于是，我不顾一切地推开她，冲出她的房间。

　　那时，我心中纵然极度悲伤，极度空虚，对小眉产生着一种不可饶恕的刻骨仇恨与厌恶，但除了小眉以外，我不可能去爱另一个女人。因为我的确抹不去她，不论是在没有知道她的过去的时候，还是对她的恨达到了最高峰的时候。我只可以改变对她的看法，可绝对改变不了对她的爱。

　　我头重脚轻地离开了敏瑛的家，走进一家小巷里的酒吧，我想学一学古人用酒来麻痹自己敏捷的神经。从酒吧出来，脚下软绵绵的，仿佛踏着一朵虚无的云朵。街上，灯昏人稀，我吓了一跳，波涛万丈的心情此时反倒被烈性的老窖给平复下来，接着来的是有如海啸发生前的那种剧烈的退潮，另一个念头掠过我的心头。因为，我不仅感到绝望似的痛苦，甚至还感到一无所有的空虚，对任何事物都失去了新鲜的或欢欣的情绪。我深深地感到，自己将失去的并不仅仅是一个小眉，而是自己的整个生命。

我陷入了一种极其痛苦的境界。

唉，命运总是会这样捉弄人，凡是使人幸福的，何必要使之变成不幸的源泉呢？

我的心对生机盎然的大自然曾充满温暖的情感，它曾向我倾泻无穷尽的欢乐，如今它却成了一种难以忍受的苦痛，成为一个魔鬼，处处追逐着我，折磨着我。

# 十二

　　想不到这种痛苦来得那么快，否则，即使我知道小眉的事，或许就不会有这许多的苦难，甚至有可能不去理会小眉过去的一切。那时，我简直已把小眉圣洁化了，我要的是这种效果，当我俩走在大街上，所有路人的目光是艳羡的，我只想听到别人对她的赞美，可这一切已是显然不可能的，小眉的丑闻肯定不只是敏瑛才知道，这与我事先所要的是两种截然不同的效果。当我俩走在大街上，我只能像小偷一样，低着头，承受着路人一束束歧视的目光。这你应该理解，比如你的女朋友有过一段不光彩的经历，而这段经历你虽然知道，但又不被外人所知，你承受的只不过是内心的痛苦，随着时间的流逝，这种内心的痛苦也就会慢慢消失。而如果这段经历，不但被你知道，也为众人所知，你所要承受的是内在与外界的双重痛苦，你的爱情与你本身也会一辈子让人看不起，你凭想象就能感受到其可怕的程度。我反反复复地谈及这个问题，并不是我想说明什么，我只是想说，可是我又实在说不清楚。

　　如今，我只感到小眉在幽怨地叹息、哀怆地哭泣、苦苦地哀求，这是我所熟悉与小眉又长又短的爱情史中对她总的印象。任何欢愉与快乐不可以说是没有过。因为，在我心底的一隅依然还残存着一些能使自己找到些许安慰的回忆，可那也都随着她结婚的消息而悄然殆尽了，并且也都变成了一种无法补偿的罪孽与悲哀。

　　我恨敏瑛，恨她不该用如此奸诈恶毒的手段，我恨自己，恨自己不该不设身处地地站在小眉的位置上替她想想。做女人难哪，做一个失过身的女人更难。

你肯定知道大诗人雨果吧，你若知道他就必定也知道《千万不要侮辱失足的女人》。

他这样写道：

　　啊！千万不要侮辱失足的女人！

　　谁知道压在她们身上的担子有多沉！

　　谁知道她们忍饥挨饿挣扎几多春！

　　当厄运施虐，想摧残她们的美德坚贞，

　　我们中间谁没有看见她们精疲力竭，

　　长久地用疲乏之手把贞德抓紧！

　　就像枝头的一滴雨水，闪烁如星，

　　雨水中犹映天色的玫瑰纯正：

　　有人来摇树，树动珠摇，但还在坚持抗争，

　　未落以前的珍珠，落下以后成泥泞。

　　是我们造的孽啊，是你，有钱的人！是你的金银！

　　然而泥土龌龊水却净。

　　若要水点脱尘埃，

　　恢复它往日珍珠的晶莹，

　　只要一丝阳光，一点爱情，

　　人间万物就这样重见光明！

你想，这是不是一种号角，是不是一种呐喊？纵然雨果的力量与基督相比是多么微不足道，可他却用自己宽厚的气度拯救了朱丽叶。

相比之下，我真是渺小得无地自容了。

前些天，听人说一直未婚的敏瑛不幸车祸身亡。死得很痛苦，死相很惨不忍睹，我心中对她的恨，彻底消除了。我假如早些知道的话，肯定会去参加她的葬礼的，虽然我知道这辈子她最痛恨的人中也许有自己。这并不是由于她的死与对她的死的怜悯，而是理智告诉我，敏瑛对我说的话是真的，对我的爱是真的，这出悲剧的主要制造人不是别人，而是我自己。

委屈与愤恨、空虚与痛苦沉重地压抑着我，如一块顽石沉甸甸地沉在我的心底，我找不到发泄的方法，找不到发泄的对象。我感到小眉周围的每个人都充满着罪恶与邪念，都是导致小眉失身的罪魁祸首，甚至感到自己的周围也充满着敌意。同时，也感到在痛恨那个夺去小眉贞操的混蛋外，还有两个人也是自己所不能容忍的，那就是小眉的父母。

我不知道是吃错了药，还是神经出了毛病，竟然将火烧到他们两个老人家身上。

就在我确证小眉的事已成不可更改的事实的翌日，我一大早乘班车赶到小眉父母那里。

小眉的父母刚起床。

这对可怜的老人，靠着微薄的薪水将三个孩子拉扯大已属不易，到头来非但没有享享清福，还要被我这个混账的败类无理地指责与谩骂，他们究竟犯了什么罪过啊！

我上前与他俩打了下浅浅的招呼，他俩那堆满倦意的脸上，立即现出惊喜之情。

进了房间，他俩就关切地争先恐后与我交谈，问我什么时间回来的？是否见到小眉？

我漫不经心地一一回答他俩，其中我只是隐瞒了与小眉之间发生的事。因为我看到两位老人的热情与慈祥后，心中的怒火熄灭了许多。

吃过早点，我来到镇中。

原来的班主任已荣升为校长了，他见到我时，非常热情地笑着同我握手。

"冬生，听人讲你正与杨老师的次女小眉在谈恋爱，是吗？"他给我冲了杯开水后，便这样问我。

我想不到他一开口就提这个问题，不知如何回答，但对这位如父辈似关心我的师尊，我必须回答，不管问题如何尖锐。

"叫我怎么讲呢。"我泄气地搔着头说。

"这还不好说，不过，你瞒不了我。"他仁慈地拍拍我的肩，说，"你真有福气，小眉是位好姑娘，到时可千万别忘了给我们吃喜糖。"

"校长，如果小眉……小眉并不像我们所想象得那么美好，而是……而是一个令人不耻的放荡女人，这样的话，我该怎么办？"我颓丧地说。

当校长还不是校长的时候，我俩曾是无话不谈的忘年交。如今，我遇见这么件叫我欲哭无泪的事，我还能不跟他诉说吗？

校长听了我的话，脸阴了下来，他来回不停地踱着步，又不停地摇着头，仿佛是在自言自语："小眉真有这种事？"

"你也知道？"

"嗯，"他哀叹着沉思一下，说，"有一次，我正在杨老师家下棋，有个称是柳镇来的妇女蛮横地闯进来，哭天抢地地说小眉勾引她丈夫，说小眉如何下贱。小眉是我看着长大的，当时，我根本就没有相信过这是事实。冬生，小眉真的做过那种见不得人的丑事？是传闻？还是她自己的坦白？"

"是传闻，也是她自己的坦白。"我诚恳地说，"校长，我应该怎么去处理这件事呢？"

他仰起头，叹了口气。

"唉，我也不知道，怎么会发生这样的事呢？"

我茫然若失。

　　从镇中回到她家，她的父母正忙得不亦乐乎。每次我到他们家，他们总是想方设法地款待我。

　　我瘫坐在椅子上，思想很不安分，一下子想到小眉，一下子又试着在勾勒那混蛋的轮廓，想将他们从无耻的过去中分离出来，但这不可能做到。厨房里传来锅碗瓢盆的嘈杂声，直令我脑袋无端膨胀。我觉得自己非常可怜非常可悲。于是，酸楚的泪水鞭子赶般地涌了出来。

　　许久，小眉的父亲甩着湿漉漉的双手，春光满面地走了进来。

　　"怎么啦？冬生。"

　　他的惊呼声很快把小眉的母亲也唤了进来，她忙不迭迭地用油腻的手按在我的额头上。

　　"这么烫，冬生，你哪里不舒服？"

　　我无力地摇摇头。

　　"有病还硬撑什么，菊花，快去把李医生找来。"小眉的父亲一边责备我，一边回头吩咐妻子。

　　"别去！"我几乎是大声地吼叫着。

　　这对可怜的老人被我的粗鲁惊得面面相觑，然而却都依然关切地望着我。

　　"坐下！我有话跟你们讲。"他们究竟造了什么孽啊！我竟然用这样语气对待木然地站立着的这对老夫妻。

　　"冬生，怎么啦？"他俩满脸狐疑，战战兢兢地相视一下，又不约而同地在我的对面坐了下来。

　　"还用得着问我？你们就挑明直说吧，究竟想用什么办法加害我。"

　　"害你？你怎么可以说这般没头没脑的话，冬生，我们有什么地方做错了？"

　　"其实，你们比谁都清楚，当了这么多年的老师，难道还会不知道子不孝父之过，有其父必有其子的道理？"

"冬生，究竟出了什么事？"小眉的母亲一头雾水，小心翼翼地问我。

"虚伪！"我鼻子里轻蔑地哼了一声，说，"既然你俩没有脸讲出来，那就让我来讲，小眉是你们的女儿吧，她在外面当婊子做鸡，勾引男人，这事你们总该知道吧！你们知道自己的女儿这些丑恶的品性，却还充耳不闻，视若不见，难道这就是你们这些嘴上整天挂着仁义道德的人的品行吗？"

我这番语无伦次的话，如一把把利剑，又如一磅磅重型炮弹。因为，小眉的父听着听着，就老泪纵横，脸色苍白，双唇直颤。

"可……可我们开始并不知道啊……"小眉的母亲则捶胸顿足号啕起来。

我那是在犯罪，在一步步把他们逼向绝境，任何人面对着此情此景，都会良知发现，但我没有，我继续挥舞着罪恶的魔刀，向善良无助的人砍杀。

"不知道？难道你们要亲眼目睹小眉与淫棍们在一起淫乱，你们才知道？不！我也知道自己在你们心目中的作用，你们之所以虚情假意黄鼠狼似的利用我，无非是找我这块遮羞布，来为你们这教师家庭遮羞盖耻。可你们想错了，我倒觉得你们很可怜，可怜得如茅厕里飞出来的绿头苍蝇……"

后来，我还讲了些什么，我已经记不太清楚了。总之，我怀着无比的轻蔑与怨恨，怀着誓死不踏进这肮脏门槛半步的心理，愤愤然地离开他们。

我一个人无法承受小眉给我的打击。

我想起了妈妈。

中午稍过，我像疯子似的闯进自家家门。

爸爸妈妈、春辉一边吃着饭，一边不知在谈些什么。看我进去，只是默默地瞅着我，对我的突然出现，似乎并不觉得奇怪。

我一句话不讲，冲进卧室，扑倒在床上，抱着被子，无声地啜泣着，听任泪水打湿被子。

爸妈都进来安慰我，他们说已经知道了。（这里我必须向你作个交代，那时，我弟弟已在县城高复班就读了）原来一早春辉跑到小眉处，是小眉自己告诉他我俩分手的事的。但是从他们的口气中可知，他们并不知道其中的原委，他们一致认为是小眉另攀高枝了。

他们非常乐意来安慰。安慰我他们所认为我所遭遇的那种创伤，我在感到温暖的同时，也令我痛苦不堪。我有过把真相告诉他们的强烈愿望，但我坚决忍着，我不愿意谈及小眉任何不是的地方，为的是不想使小眉的形象在他们的心中丑化。所以，他们的安慰只能是带给我抓痒却抓不到痒处的感觉。这是我本身也不可理解的一种心情，几年来，我对小眉的感情尽管爱恨交加、错综复杂，可我不仅自己对小眉的那事绝对守口如瓶缄口不谈，对那些好事者矢口否定，甚至还对那些背后对小眉出口不逊歧视她的人，产生了刻骨铭心的仇恨。

我还记得妈妈讲了一大堆话，什么世上女人多的是，城里女人靠不住；什么东坑无水西坑有等等。我几次打断妈妈的话，向她解释这不关小眉的事，是我决定这样做的，我看见妈妈的神色很明显地流露出惋惜与难以置信。之后，我只是默默地流泪，无论爸妈用什么方式来安慰，我既不反对，也无热情，而当妈妈用那双粗糙却又温暖的手为我抹泪时，我整个身心都震动了。我努力止住泪。

我不能使自己的泪水泛滥全家，我不能这么做。

晚上，春辉故意找了几位牌友，尽管牌友们玩得很开心，可我只是僵硬地笑着，漠不关心地应付着。

什么都不可能使我忘了小眉。

这一夜，我理所当然地梦见小眉。

梦见一个没有人间烟火、没有耻辱、没有仇恨的地方，有的只是白天与大海，我全身无力地浸泡在海水里……远远地，小眉高喊着我的名字，张开双臂，在向我奔来……

次日一早，邮递员送来一份加急电报。


　　冬生接电速回


电报当然还是部队发来的。

我带着一生中从未有过的苦痛与失落感，离开了家乡，回到部队。

部队以最快的速度给我宣布了记大过一次的处分，并将我调到一个最为偏远的连队。

我对此并没有什么不好的感觉，因为，任何的事物对我都丧失魅力与信心。

# 十三

当一个人把爱情当作生活中不可缺少的一种习惯，再想改变这种习惯，同时不使心中的一切受影响，似乎是不可能的。因为，那种变成了习惯的爱情，常常会是你生活中尤为重要的一部分，它会使你兴奋不已激动不已，还会是你在其他方面受到侵害时的精神支柱，而一个人生活在芸芸众生的世界中，就根本不可能摆脱痛苦与困惑的干扰。

由于我的爱情受挫，精神支柱就出现了千疮百孔的裂痕，仿佛自己的身体就要向一个奇冷无比的空洞、无比黑暗的穴洞里坠落。尽管领导与战友们对我这上头已挂了号的拉稀兵出乎意料地表现出友善与关心，我还是一天天地消瘦，一日日地苍白，好像临濒死亡的重症病人。我知道，没有了小眉的那份情，自己与行尸走肉已没多大分别。

因此，我只有重复地去读小眉以前的来信，以此来补充身心所需的热量与氧气。

在此以前，我每次到收发室，总会招来战友们一陈阵善意的调笑。讲心里话，我倒很愿意这样，因为每每在此刻，我的心底就会一阵麻酥酥、热滋滋的荡气回肠的感觉。我敢肯定这样的女人无论是跟谁恋爱，谁都会产生这种情感的。而现在我在万千强烈的思恋中，强行压抑着，默默承受着，眼睁睁地看着其他战友从收发室里出来时，那情不自禁欣喜的神态。与小眉恋爱以来，我自认为是世界上最幸福的人，可是如今我也可以肯定自己是世界上最痛苦、最可怜、最孤寂的人。因为，我只能用贪婪的眼光去欣赏别人的喜悦。事情虽然如此，可我仍然喜欢与几个知道我与小眉恋情的老乡相聚在一起，心里也同时希望他们提及她，但一触及到那个情字，他们总是不约而同莫名其妙地作鸟兽散。后来一位老乡告诉我，他们之所以这样，是因为他们认为我根本不配谈爱这个神圣的话题，原来，我在战友们的心中已成了爱的败类、爱的骗子。为此，我心底涌动过极大的欲望，希望为自己辩解，然而我并没有这样做，原因很清楚，甚至可能有些细心的人猜想也会如此。我无法摆脱已既成事实的一切，在爱与恨之间，我所要承受的几近绝望的痛楚与非人的磨难。经历过我这种恋爱的人，一定会感受到那种如浑身的神经为剧毒所浸，那种所有的血液被抽空后的那种感觉。

　　来到新连队已经好些日子，我没有给小眉写过一封信，甚至连我调离新兵连她也不会知道。我俩在表面上似乎已成了彻底的陌路人，可小眉那悲伤的哭声，扭曲的脸蛋，却一直在见缝插针地萦回在我的脑海，我知道自己过去现在都是那么眷恋着这个女人，要忘记她是一件根本不可能的事。我爱她，却又恨她，这两种水火不容的感情交织在一起，织出了一张巨大无形的毒网，在笼罩着我，纠缠着我。

　　那是一个礼拜六的晚上，当《阿里巴巴》的歌声与无拘无束的笑声消失在一片梦呓中后，我茫然若失，寂寞又勾起了我心中的空虚与痛苦。

　　这时候，我的泪水涌了上来。

　　前半夜，我在半梦半醒中睡了一会。

　　后半夜，我就再也合不上双眼，就这样直挺挺地在黑暗中躺坐着，我不知道自己在想了些什么，但可以肯定想了很多很苦。

　　对小眉的思恋使我变得异常勇敢，对她的思恋使我丧失了理智。

　　可当我正准备翻越营房铁门时，却被对我已有所防范的正来查岗的指导员逮个正着。

时间比任何东西都折磨人，到了冬天，终于盼来了正常探假期，我在第一批探假的名单上，这是我向领导哀求来的。

到了县城，我并没有回家，而是情不自禁地来到税务局城中所，在城中所隔壁的一个车蓬里，我发现了那辆熟悉的飞鹤牌自行车，我迟疑了一下，就向储蓄所大门走去。

讲实在的，那时我根本不知道自己此行的目的，我只是被自己的感觉强烈地左右着，而这种感觉在威严地指挥着我的一切行动。

正在此时，我见到了小眉……我见到了使自己在爱与恨的顶峰无从抉择的小眉。她由一个陌生的姑娘陪伴着从门里走出来。在她经过身体僵硬的我的身旁时，她的脸色苍白，嘴唇翕动了一下，脸上堆着一种叫人一看就是很苦痛很尴尬的笑意。而我呢？虽然总还能伪装着保持冷静的脸色，但心底下的血液在向体内的各血管狂奔乱窜，在一路上，我一直在设想自己见到她的各种情形，甚至设想过假如这次见到的她是一副对过去彻底遗忘的轻松面孔，那么，她就必须为自己的轻松而付出代价。可是，我看见的她，却是如此憔悴不堪，顿时，我的心重又热了起来。然而，我找不到一种恰当的表示方法。于是，我莫名其妙地给她让了道，她几乎是跳着从我的身边过去的。

我是了解小眉的，这次不期而遇令她惊慌失措。因为，她一定以为我不会再回来了，但是，她亲眼看见我重新回来且与自己擦肩而过。

我并没有回转头来看小眉的背影，而是继续向税务所大门走去。

储蓄所内只有吴菲一个人，她一见我就老朋友般地把我让进值班室，并把铁栅门轻轻地扣上。

"麻烦吗？"我问。

"没有的事，小眉刚才从窗户上看你来，就先走了，你没碰到她吗？"

"为什么故意避开我？她很恨我吗？"

"不是这样的，她只是看见你，她压根儿就没有想到过你还会来找她。因为她曾告诉过我，你是多么的恨她，讨厌她。"

"是的，我曾讨厌过她，可这是种错误，不可饶恕的错误。"我所有激情又涌了上来，"我现在才知道，真正可恨的、该讨厌的是我自己。吴菲，请你告诉我，刚才与小眉在一起的那人是谁，好吗？"

"她叫丽珍，刚从学校毕业分配来的。冬生，你还想跟小眉和好吗？"

"是的，几个月来，我一直在苦思着我该不该再爱她这个问题，要讲我不再爱她，那是天大的谎言，连我自己也不相信，可现在我却不知道如何去找回她的爱。吴菲，我已把你当作是可以无所不谈的朋友，请告诉我，我能得到她的谅解吗？"我心事重重，满怀希望地望着吴菲。

"我不知道。"吴菲神秘兮兮地朝我笑了笑，"但是今天，她从窗户上看见你出现后，顿间变得犹豫不决，浑身发抖，像生病一样地告诉我你终于回来了。"

"那么，她还跟你说了些什么？"

我听了吴菲的话后，心中马上兴奋起来。小眉刚才见到我时所引起的那种神色，不是装出来的，而是内心真实感情的外露。

"她托我转达，如果你心中还在厌恶她，最好不要去找她。她还讲，你一定会去找她的。"

"我怎么还能厌恶她呢，是我没有珍惜她的那份爱，是我在她的伤口上撒了一把盐，我很对不起她，她的确是世上少有的好姑娘，与她的分手，简直是种罪过。"

"这就太好了。冬生，如果小眉知道你已回心转意，一定会很高兴的，我也希望你好好去珍惜她，不要一再让过去的不愉快笼罩你们的未来。你不应该只因她有过一时的失误，就将一位已把整个身心都交给你的好人抛弃，否则，她会绝望的，而你也会因此而后悔内疚一辈子。还有，实际上，她依然爱你，这是她亲口对我讲的。"

"有这样的可能吗？"我感动得自言自语地说，"这样的运气，这样的奇迹。"我几乎是不拘礼节地紧紧握住吴菲的纤纤玉手说，"今天真是十分有趣，吴菲，谢谢你。"

吴菲一直把乐得屁颠屁颠的我送到马路上。

疾步来到税务局宿舍楼，我上去，飞快地上去，我不想给自己留下一个临阵退却的机会。

小眉的宿舍门是敞开着的，仿佛是小眉故意给留的，为了减少我为敲门而引来的一些尴尬似的。

当我勇敢地走进去，那个叫丽珍的姑娘就知趣地走开了。

我凝视着小眉，她的脸色如大理石似的苍白，我不免一阵刀绞般的心疼。

"你还来干什么？"小眉的语气中有点娇气，有点责备，还有哀怨。

"我……我能跟你谈谈吗？"我小心翼翼地说。

"我们已经没什么好谈的。"小眉用好不容易勉强才能听得见的声音说，"我们没有过去，你还是走吧。"

在小眉那双灰蒙蒙的却依然美丽的眼睛中，我丝毫看不出有伪装的成分，"你明显是在欺骗自己。"我轻轻地关上门，却一直不敢走近她，"小眉，何必呢。"

"即便真的像你所说的那样，这跟你又有什么关系呢？冬生，你还是走吧，远离痛苦的根源，去寻求幸福吧。"

我望着小眉极力伪装出来的冷漠，如同身陷冰窖，心中不停地哆嗦着。"难道我们真的就这么了断了吗？"

"我不知道。"小眉害怕见到我似的把脸侧向一边，依然用那种我根本不想听到也没意料到的异常平淡的口吻，说，"这不正是你所希望的吗？我只不过是不想强人所难。"

是啊！这正是我过去所希望的，问题是当时我无情地抛弃她，而今又想回过头来与她握手言和。小眉是一个有思想的独立体，不可能任人主宰。我不知道如何去忏悔过去和表明现在的心迹，就这样泥塑般地呆立着。双方在外表的沉默中对峙了许久后，我冷不丁地说："你为什么不写信给我？"

"你难道又写了吗？"谁知，听了我的话后，小眉有些激动地转过脸，用发红的充满委屈的眼睛盯着我，反问道。

"我们这样做，都合情合理，表面上看起来似乎谁也不再理会谁了，谁也不再记挂谁了，而实际上，双方的内心却谁也忘不了谁，谁也离不开谁，谁也不能没有谁。小眉，一切的错都是我犯下的，现在，我只求你能重新给我一次悔过的机会。"

"是吗？或许真的是我们都错了，原因在于我们都在欺骗自己，但事实又欺骗不了对方。冬生，一切痛苦的来源是我，你根本不必要引咎自责。"

讲到这里，小眉开始抽泣起来，于是，她不得不用双手紧紧地捂住双眼。

我走近她，歉意地说道："小眉，原谅我，好吗？把一切痛苦与不愉快彻底忘却吧，我们双方都需要有一种新的感情，否则，我们都会崩溃的。原谅我，小眉，好吗？"

她并没有回答我，双肩的抽动却更厉害了，过了许久，才抬起那熟悉迷蒙的挂满泪水却包含着无限幸福的脸。

我动情地扶住她仍在颤抖的双肩，无比愧疚地说："小眉，我真不知道自己如何才能得到你的宽恕。"

"……冬生，别说了……只要……只要你回来，就够了……"小眉一边哽咽地讲，一边把头歪向我的胸脯，"冬生……千万别这么讲……我什么都愿意承受……只要你的心中真正有我……"

这时际，我心中所有的内疚，不知你过去是否感受过，或许将来你会感受到的，这是种真正的无地自容的感觉。

她紧紧地拥着我，在我怀里哭了一阵子，又呢喃了一会儿，当我开始捧起她的脸，情不自禁地想吻她时，她更是泪如泉涌了。

"冬生，抱住我……紧点……我害怕……"

我无法把话讲出来，感激的眼泪迷糊住了我的双眼。这种感激不仅仅是因为她原谅了我过去对她所犯下的种种罪恶，而更重要的是我有种临危被救的感觉。

突然，她挣脱我的双手，说："冬生，还记得自己的生日吗？"

说完，她飞快地从怀里掏出一块用红丝带拴着的马形玉佩，并为我挂在脖子上。说："这是上次局里组织到海南旅游，正逢四月二十号，我就特意选了这个玉佩，说是挂在身上能消灾去祸，你喜欢吗？"

四月二十号是什么日子？是我的生日，也是我俩的爱情之舟触礁搁浅阶段里的某一日。而在这种特殊的日子里，她依然能默默惦记着鄙视自己的爱情、置自己的生死于不顾的人的生日，并为这个无情无义的家伙的生日深深地祝福。还在许多没有希望的日子后，又亲手为这个家伙送上礼物，你说，这个场景能不令人感动吗？我实在无法用语言来诉说当时我内心被震撼后的感受。

"小眉，你真太好了，过去……"我只有这么讲，因为她越表现出对我的爱一往情深矢志不变，我就越有对过去忏悔的欲望。

小眉一把捂住我的嘴，央求道："冬生，别谈过去，好吗？我求求你，再也别提过去了。"

"嗯。"我含着感激、激动、悔恨几种情感掺杂在一起的泪水，抿着嘴，咬着牙，声音仿佛从鼻孔里发出来的。

小眉搂着我的脖子，她浑身发抖，开始吻我的额头，吻我的眼睛，吻我的鼻子，直至我俩的四片嘴唇黏合在一起。

　　我俩都似乎疯了，爱的魔力真大啊！只需很短很短的时间，就把我俩的悲哀苦痛抛到了九霄云外。世界变小了，仿佛就剩下了我俩人。

　　我俩一起滚倒在床上，好像两块正负极的磁铁，被巨大的磁场深深地吸引着。

# 十四

    如果上辈子我真的造了非这辈子才能还清的罪孽，我并没有什么怨言。因为，总是要得到报应的，即便是死。但是，老天啊！难道小眉上辈子也做过逆天忤地的事吗？为何要让我去摧残去蹂躏这么一位纤纤弱质的女子？难道老天也只不过是假仁假义，实际上却也是凶残暴戾的伪君子吗？否则，如此令人发指的手段又怎么会施虐在小眉那弱不禁风的身上呢？小眉所经历的人生可以讲是悲苦的，她虽然有过所谓的幸福，但都很短暂，有时仅仅就几分钟而已。就像那次……

    小眉哭着，哭得很伤心。

    "冬生，我对不起你，你走吧，我不值得你爱……冬生，你走吧……呜……呜……"

    "为什么？为什么？"我抱住小眉的胳膊，声嘶力竭地说，"你究竟做了些什么啊？"

    小眉一定很痛，可她坚忍着。

    "冬生，不是我要这样做的，我并不愿意这样做……冬生，求求你，宽恕我……冬生……"

    我仿佛是老天专门指派来惩治小眉的凶手，眼中喷着灼灼的火焰，要烧焚她、毁灭她。小眉苦楚的神色，揪心地哀求，我全然不顾，我只感到自己的血管中窜动着一种毒液，而这种毒液又正是小眉给自己注进的，现在，我又要把这股毒液还给她。

    "你毁了我！是你毁了我……你这歹毒的恶妇……"我往小眉

的腋部狠狠地踹了一脚，小眉滚下床去……我瘫软在床上，双眼发直，粗气直喘，嘴里还不停沮丧地呢喃道："我完了，我完了……"

小眉跪俯在床前，秀发将满是泪水的脸孔掩盖得仅留着一双怯怯的惊恐万丈的眼睛。

"冬生，这不是我愿意这样的，真的，冬生……你惩罚我吧，为了我们的儿子……"

我疯狂的心本来随着心力交瘁而渐已平静，但听到小眉提及儿子，我疯狂的心骤然又热烈到了极点。我翻过身，往她瘦弱的肩部结结实实地踹了一脚。

"滚开！淫妇，你以为泪水能掩盖你的罪恶与耻辱吗？你……你只不过是想利用我……恶妇……想找到一个安全的避风港，养你的伤……可你看错了……滚开！无耻的女人……"

我竭力将搜寻出来的全世界最难听最难以接受的污言秽语，如洪水般地席卷她掩埋她。

小眉的身子在地上蠕动了一下，艰难地爬起来，跪行到床沿，抓过我饱胀青筋的手，往自己脸上狠狠地刮去。

"你打吧，冬生，我愿意死在你手里，但……但如果可以，我们都还年轻，我以后会给你生一群……一群子女。冬生……你打吧……"

"我是不会再被你演的戏所迷惑了。"我轻易地摆脱了小眉的手，痛恨而又不屑地说，"你想死在我的手中，让我作替罪羊吗？恶妇，你的心真比蝎子还毒，你已毁了我的儿子，还要来毁灭我，我上辈子究竟欠了你什么！恶妇！不要玷污了我的手，我再也不会上当的……"

"冬生，不是我意这样做的，请听我解释，不是我愿意这样做的……我是受逼的啊！我知道自己已怀上了你的儿子，我真高兴得发狂啊！可你不该将我一个人丢下……都怪我……我不能好好地保护自己的亲骨肉，我该死……我真的该死啊！可……可即使我死上一万次，也于于事无补了啊……"

说完，她一头向写字台撞去……血，猩红的鲜血仿佛一朵鲜花开在她的脸颊上。

"要死？你得先让我离开，否则，我会跳进黄河洗不清的……等我走后，你爱怎么死就怎么去死吧……"

我边讲边从床上爬起来。

小眉扑过来，抱住我的大腿。

"冬生，求求你，请你不要走，我已经失去了太多太多，再也不能失去你……冬生，求求你，请不要离开我，我好不容易才在千呼万唤中将你盼来，我不会让你走的……"

小眉伏在我的大腿上，失声地痛哭着，哀怨地苦诉着，凄怆地哀求着。

"……我也是没有办法的，爸妈见劝不动我，就与医生通融……说我怀的是怪胎，甚至可能是葡萄胎，只有引产……否则……否则会危及我的生命……死，我其实并不怕，我曾想死过好几回，可你的出现重新让我感到生命的宝贵……冬生，你既然已救了我一回，就该将我救到底……冬生，那时我是多孤立无助啊！我日夜以泪洗面……原谅我吧，我们还会再有孩子的，冬生……"

表面凶狠的我，实则神经极为脆弱。在我重又瘫回到床上之前，我心乱如麻，唯一能理出一些条理来的，就是途中无论在什么情况下也要求得小眉原谅自己过去的想法。而眼前小眉不但原谅了自己，都还跪着哀求自己，这种场景，不能不使我凶狠的心激灵了一下。不久，心衰力竭的我迷迷糊糊地睡着了。

一会儿，我梦见了我们那可怜的儿子——一团血淋淋的肉团，他对我哭唤着："爸，救救我吧……你在哪里啊……快来救救我……"

惊醒后，觉得头痛欲裂，唇焦口燥。

　　我坐了起来，只见小眉依然跪在床前，整个上身趴在床沿，就这样睡着，她身下的床单被泪水打湿了一大片。

　　我躁动的心平静了下来。心想，或许小眉真的是迫不得已的，何况，她根本不知道我是否能够回来，再何况，在当时的情况下，我们是没有权利去拥有自己的孩子的，原来我对小眉的过去仍然耿耿于怀，我不过是在借题发挥。于是，我又暂时很快地原谅了她，我也知道这暂时的原谅不过是自欺欺人，但我不得不为自己粗暴的行为表示内疚。我悄悄地下了床，想抱她上床，又恐怕惊醒她。因此，给她轻轻地披上毛毯。

　　小眉并未发觉，因为她依然保持着原来的姿势，一动不动。精神上的创伤与肉体上的折磨，使她如此憔悴不堪。

　　我给自己倒了杯开水，水并不很烫，我一口气连喝了两杯。

　　小眉依然睡得很沉。

　　我一手用力地揉抚着突突直跳的太阳穴，一手翻开桌上那本又厚又大的影集。翻开第一页全是我的五寸彩照，翻到第二页时，我不待看完，就慌忙翻过去，因为里面夹着的一张纸条赫然地写着——

　　　　男胎

　　　　六个月

　　　　重一点八公斤

　　　　流血量……

　　纸面上被泪痕弄得一塌糊涂。

　　我继续翻下去，当翻到最后一页时，又发现夹着一张字条。上面写着——

小眉，每次见到你，我几乎都不能自持，我爱你，你知道吗？自从那晚，我俩在烈士陵园谈过那些话后，我知道你很悲观很痛苦，我是多么想帮助你解脱出来啊！小眉，我为你而彻夜难眠，为你而茶饭不香，小眉……

晚上？烈士陵园？我脑袋像被钢箍紧紧地勒了一下，剧烈地痛了起来。

我的第一个念头就是：她在欺骗我。

我的额上沁出冷汗来，我平复的心又激动起来。那些我自以为是淫秽下流的文字，深深地戳痛了我的眼帘，我的心灵又被撕扯得支离破碎。

然而，晚上、烈士陵园，文字能讲明什么？这完全是自己被罪恶的心魔所控制，贸然背叛常伦理念，颠倒黑白是非的结果。后来，我看了小眉的日记明白过来后，我痛心疾首，可惜已经是太晚了。

我如受了重伤后的野兽般跑出她的宿舍，不过，我没有意识到去找住处。因为，我不能离开这里，我只是跑到税务局宿舍大楼对面的一个胡同里。在饥饿与寒冷中，我顽强地忍耐着。我不想这么快地放弃，或者至少使自己残缺的心，得到一个心安理得的证实。

到了凌晨五点，小眉房间的灯依然亮着，并没有一丝动静。

我跑到小溪边，捧起冰凉刺骨的溪水泼在脸上，可我的脑袋还是那么迷糊不清。尽管此时，街上渐渐已有了人影，我还是像孩童找不到母爱般地哭了起来。

大凡经过被女人欺骗过感情的男人，都不会不知道我当时是多么的痛苦。

事实上，我并没有受骗，这不过是自我心胸狭小、多疑善变心理的暴露，遗憾的是，当时我并没意识到。

上午九点，我来到城中税务所。

吴菲从值班室里热情地迎了出来，并神秘兮兮地朝我笑了笑，并把我拉到一旁。

"冬生，有事？"

我神情恍惚，不知如何去回答她。因为我来时的目的是希望能见到小眉，并要她对那张纸条作出解释，可小眉并不在，而从吴菲的神色中明显地可以看出来，她并不知道昨晚发生在我与小眉之间的事。

她见我沉默不语，换了副不可置信的样子。

"小眉没有原谅你？"

我木然摇摇头。

"那难道你还不知道小眉今天一早请了病假？"吴菲越加惊疑地问道。

"小眉她病了？"我紧张起来，一颗心被吊到了嗓子，"吴菲，请你告诉我，她得了什么病？"

吴菲听了我的话，转身背对我，嘴里却冲着我直嚷嚷："我真不知道你们又在搞了什么新花招，我还以为是小眉为了陪你而事先商量好的。真没有见过有谁的恋爱像你们这个样子的，一会儿天高地厚，一会儿又分道扬镳。先是小眉，哭丧着脸，我以为她是装的，后来是你，依然哭丧着脸，这……"

我苦笑着又摇了摇头。

"吴菲，谢谢你能这么关心我俩，可有些事情你是永远不会弄懂的。"

"难道你们真有这么多解不开的结吗？"吴菲沉闷地叹了口气，转回身，关切地望着我。

我再次摇头，这次的样子是很无可奈何的，也只有摇头才能表示我当时的心境。

告别了吴菲，我碰到几位从乡下来逛城的同村人，与他们勉勉

　　强强应付了几句后，便心急火燎地赶往小眉的宿舍。

　　在长长的走廊上，看见有个姑娘探头探脑地从小眉的房间里出来。我慌忙闪到一边，心在剧烈地狂跳着。因为，我似乎是感到小眉正朝自己走来。然而，仔细一看，我却失望了，原来她是那刚从学校分来实习的女孩丽珍。

　　这时一个身材高大的男人，神色惊惶地急切切从走廊的那头向丽珍迎了上去。

　　"丽珍，小眉她怎样啦？"

　　"她没什么呀。"

　　"可她明明请了病假。"

　　"不，她没有病，只是好像很痛苦。"

　　"为什么？她为什么不能愉快起来。"

　　听于那男人关怀备至的话与那匆匆掠过的身影，我脑中重又想起那张纸条，顿时，只觉得脊梁冷飕飕的。

　　那男人进了房间后，门就被轻轻地合上了。

　　我蹑手蹑脚地跟上去，这个举动完全是自发的，目的无非是想听这对男女的私语，证实自己被小眉欺骗的程度后，当场揭穿她的谎言。

　　这个时候，我虽然怒不可遏，却仍能保持不露声色的平静情绪。我悄悄地把耳朵向门缝贴近……

　　我首先听见那个男人的声音，这种声音是由于激动高昂而变得有些沙哑的声音。

　　"小眉，我爱……"

　　"别这样。"这是小眉的声音，冷冰冰的，不是一位女孩听到男人表白矢志不渝爱情时所应有的那种激动不已的声音。

　　"小眉，求求你，别这样，我是真心的。"

　　房内静了一会，突然出现了某种声音——轻微的动手动脚的声音，非常清晰。接着，又是"嘭"的一声，仿佛有什么东西被打翻在地。

　　显然，倒在地上的不是什么东西，而是那个男人。因为，那个男人的声音变得十分伤感了。

　　"小眉，你不应该这样……"

　　我换了一种姿势，把房间里所发生的一切让给眼睛，恰好，门有一条由于太阳的暴晒而裂开的狭窄缝隙……

# 十五

小眉斜躺在床上，乌黑却蓬乱的头发遮盖住她半边脸颊。她那双眼睛在苍白萎缩的脸上显得更大了，我感到自己可以淹死在其中。

不知为何摔倒在地板上的男人尴尬地爬起来，呆立了一会，而后默默地在床沿坐了下来，并恬不知耻地伸出双手，拨弄着小眉的头发，慢慢地游移到小眉那有伤痕的脖子上，满脸的肌肉一颤一颤的。

"怎么回事？"他惊疑地问道："他竟如此对待你？他真是禽兽不如。"

小眉在极力躲闪着他的手，勉勉强强地笑了笑。事实上，她都快要哭出声来了。

"志新，我不是很好吗？我并不怪他，他不过是一时之怒而已。"

"一时之怒？"那男人古怪地一笑，"难道他把你折磨成这个样子还不够吗？难道你就心甘情愿地将一生交付给这么一位已泯灭人性、酷虐暴戾的疯子吗？小眉，你能现实一点好不好，爱是需要宽容的。"

"这完全是我的错，我并没有觉得他不再爱我了。其实，他越是这样，就越证明他在意我，何况，他所遭受的这种煎熬与痛苦，是我一手酿成的。志新，你无疑是个好人，但我心中已有了他，就不可能再有你，你走吧，我会没事的，你也别再为我操心了。"

那男人用茫然不可相信的目光望着小眉，摇了摇肩胛——仿佛是要摆脱一种难以捉摸的负担，并几乎痉挛地点了点头。

"好，好，可他是残暴的疯子！除非亲眼所见，否则，谁也不会相信你会被他折磨成这个样子。小眉，总有一天，你会被他折磨死的。难道他真对你有这么重要，你一定要以死相许吗？"那男人站了起来，拖着沉重的脚步来回踱了一会，"小眉，忘了他吧……为你，也为我……"

"志新，这是不可能的，你曾讲过，我永远是你最疼爱的小妹，不是吗？"

那男人的脸上青了一阵，又白了一阵，许久，才十分艰难十分不愿地点了点头。

"对，对呀，正因为你是我的小妹，我才不能容忍别人来欺负你。小眉……"

这时，丽珍从阳台上走了过来，并在那男人的耳边低语了几句，又走了。

明显可以看见，此时那男人一下子生气勃勃起来，而这种生气勃勃的特点就在于，随着丽珍急切的附耳低语，他越来越焦躁不安。他不断地交替着用左脚或右脚支撑身体，双眼越发有神起来。可继而他又犹豫不决地摇摇头，并抓挠着自己的下巴。看来他已被矛盾折磨得快要崩溃了。

他又在床沿坐了下来，深深地倒吸了几口气，而后神助般勇敢地抓住小眉的手。

"我不需要这种兄妹感情，施舍给我一次爱的机会吧。小眉，我不会看着你被他给害死的……"

小眉努力挣脱着，随着那男人感人肺腑的表白，她眼中泪水涌了出来，像一潭清澈的溪水。

"如果能死在他的手中，我也算是赎了罪了。"小眉用泪眼真诚地望着那男人，"志新，我已讲过，他是个好人，他的痛苦与愤怒是我引发的，我该得到的惩罚是上天注定的，我谋害了他的儿子，你知道吗？我真的谋杀了他的亲儿子你知道吗？我们的儿子，才六个多月啊……

"你……"那个男人不可思议地顿了顿，说，"你在开玩笑？不！你是从来不开玩笑的，你虽然怀上了他的骨肉，可他在哪里？他关心过你？关心过自己的骨肉吗？他设身处地考虑过你当时的处境吗？你有什么错，错的是他！小眉，我真不明白，你为什么对我这么不屑一顾……"

"志新，别讲了。"小眉在巨大的悲伤中怆然地打断他的话，说，"我并没有对你不屑一顾，可我觉得一个人的胸襟不管多么的宽广，但只能容纳一个人的感情。志新，我们之间不也有一种纯洁真挚的感情了吗？世上有很多东西是可以勉强的，但有种东西绝不可以勉强，这就是爱……"

我突然之间感到自己错了，错得很惨淡，错得很失败，对这么一位女孩所犯下的错误，简直就是犯下不可饶恕的滔天罪行。在对爱的理解与对爱的宽容上，我失败得体无完肤，失败得无地自容，失败得一塌糊涂。

可这种良知的理念实在太短暂了，我旋即又有了怒火中烧被愚弄的感觉。因为，我看见男人已经搂住小眉那单薄的身子，小眉也将脸颊主动地向他的胸怀靠了过去。

如果是平时我看到一个男人对一个女人会作出如此的宽容与爱护，我一定会感动万分的，可他所迷恋的所钟情的竟是自己生命中至爱的这个女人，此时在我的眼皮底下又有如此的亲热状，我能置之不理、能不愤而怒之吗？我不假思索地一脚踹开虚掩的房门，并用脚跟把门重重地撞上。

房内的这对男女惊恐万状地盯着我，一阵充满敌意的寂静后，那男人嘴角掀了掀，很不客气地用手指戳着我。

"你就是王冬生？！"

我没有理会他，用锐利凶狠的目光盯着小眉，小眉也惊愕地挤出点笑意，装出轻松满不在乎的样子，但我的内心却被分割，我的身体被肢解般阵痛。

"杨小眉，你对此作何解释？"

"……冬生……别误会……他是我的同事……真的……冬生……"

我斜着眼，把目光慢慢地转到那个脸上写满仇恨的男人身上，轻蔑地耻笑道："伟大的情圣啊！一对不知廉耻的狗男女，你知道什么是下流卑鄙吗？"

那男人倏地离开小眉，向我扑了过来，拎着我的衣领，用手指碰着我的鼻尖。

"你果真是王冬生，到底送上门来了，我今天一定要好好地教训你，让你知道什么是凶残暴戾……"他把手变成拳形，不停地在我的眼前挥动着。

"找我？你？"我鼻孔里轻哼一声，并不躲避他，"什么事？想演一出英雄救美？"

小眉费力地从床上爬起来，抱着那男人的胳膊，哀求道："志新，求求你，快放开他。"

丽珍闻讯从阳台上走进来，见到两个大男人扭在一起，恐惧地不知所措地僵立着。

那男人铁青着脸，把牙齿咬得格格直响。

我感觉体内流过一道莫名的热流，因为我看见那个男人由于愤怒变得畸形的脸。

"怎么？还等什么？不是讲我自己送上门来找揍的吗？"我玩世不恭地把脸偏向那个男人。

"你……"那男人把紧攥的拳头高高地举了起来。

我微闭着眼，等待着他的拳头落下来。我真的希望他的拳头会落下来，因为我要的是一种正义的理由。古今中外，任何一个好战的一方，总是千方百计为点燃战争的导火线而故意给对方寻找事端，而为了寻求事端，就必须先有牺牲。可许久后，拳头仍停在空中。

"你不是要为这个女人报仇雪恨吗？"我指着小眉，大声地向他吼道，"女人可不会喜欢你这种孬种、软蛋。"

"我发现你已经到了令人发指的地步，你这疯子、暴徒、魔鬼！小眉她爱你恋你，可你却给了她什么？是羞辱！是怨恨！是痛苦！她马上就会被你像一只猫一样掐死的，你知道吗？你心胸狭窄，你爱心垂死，你以怨报德，你丧尽天良……"

那男人的口水喷了我一脸。

"谁是疯子？谁是魔鬼？"我反抓起那男人的衣领，向他的脸上啐了一口，"你算哪根葱哪根蒜，敢来我俩间插一脚。呸！下流坏子，可怜的臭虫，你还不快给我滚开，她是我的，不需要你来假惺惺地关心，我爱怎么样就怎么样。你心疼她，是为什么？是不是她给了你肉体上的好处？你说！你这下流坏，可怜虫！"

那男人的眼中闪过一道冷冷的光芒，浑身打摆子似的颤抖起来，"可她是个人！她有生存的空间，她有爱的权利，她虽然有着不幸的过去，可她已加倍偿还给你，她所承受的压力已远远地超过了她的负荷！你知道吗？你根本不是人，你只是披着人皮的禽兽。"那男人将布满血丝的双眼瞪得奇大，仿佛要吞噬我。"你可以讽刺我挖苦我，可我绝不容许你污蔑小眉。王冬生，对你的虚荣，我只能表示怜悯，对你的暴行，我却不能饶恕！"

拳头终于不留余力地狠狠落了下来，这一拳使我懵得忘了腮部的疼痛，我惊愕地张着嘴，久久合不拢。

想不到看似文质彬彬手无缚鸡之力的他，竟会有这么大的勇气与神力。

小眉用力掰开我抓着那男人衣领的手，与丽珍一起从背后抱住我，对那男人大声地喊道："志新，你快走！快走！"

　　我感到小眉和那男人与我之间，已筑起了一道不可逾越的无形堤墙，两边都是汹涌的怒潮。于是，我摆脱了丽珍，又用肘关节有力地击向小眉胸部，小眉向一旁倒去，双手拥着胸部，痛苦地萎缩成一团。

　　丽珍忙抱起小眉，哭了起来，"小眉，你怎么啦？小眉，你怎么啦……"

　　"志新，你……你走吧……"小眉的额上沁出豆大的虚汗，断断续续地对志新说道。

　　"表哥，你快走吧……求求你，快走吧……"丽珍用哀求的口吻向那个男人说。

　　原来那个男人是丽珍的表哥，这不得不使我对本认为是毫不相干的她也产生了仇视。

　　我拎起那男人的衣领，把所用的仇恨都集中在拳头中，冲着他那白净的脸就是重重的一拳。要知道我练过拳击，这一拳该有多么大的力量啊！那男人顿时满脸是血，昏倒在地上。

　　"王冬生，你的确是个疯子，你给我滚，我不愿再见到你！你滚……"小眉一边艰难地奔向那男人，并抱起他，一边歇斯底里地向我怒视着。

　　"我是要走的，可用不着你来赶，你是我的人，我愿什么候来就来，去就去。"我慢慢地提起拳头，在自己鼻子下晃了晃，"不过，我也是你的那句话，我不愿再见到你。"

　　我最后瞥了一眼正在为那男人小心地拭擦着血迹的小眉，昂然从房间里走出来，如一只斗胜的公鸡，可脚步依然向她表现出无比的嫉恨。

　　下午，我在电影院门口见到了吴菲。

　　她一见面就把一封信交给我，我机械地向那封信窥视了一眼。

　　我认出了这是小眉的笔迹。

　　我接过信。

信封上草草地写着：

烦交王冬生先生收

"这是小眉她叫你转交给我的？"我不敢相信地向吴菲问了一句，把目光又停滞在那信封上。

"是的，今天中午，我到了她的宿舍，她要我把这封信交给你，我问她为什么要这样做，她说了句我与冬生已结束后，就泣不成声了。冬生，听丽珍讲，今天你与志新打了一架，你为什么要这样做？小眉为你所做的牺牲还不够多吗？是的，志新是在追求小眉，可这难道也错了吗？他们之间根本就不可能做出像你所想象的那种事。冬生，是你自己太过于敏感，太过于多疑了。"

"可这是我亲眼所见，吴菲，你不必为小眉辩解，她也许会是你工作上的好伙伴，但她绝不是个好女人。"我怒气未消地说。

"冬生，既然这样，我无话可说，你一定会后悔的，你肯定会后悔的，你是太不了解她了。不过这样也好，好合好散。"吴菲惋惜地摇着头，算是与我分别的招呼。

我找了个石板凳坐了下来，打开那封信。

即便我脚下响了个霹雳，也不会比读到这封信更令我感到惊恐的了。过去我一直自觉已成了主宰小眉一切的神，我根本不相信她会先提分手要求。

冬生，太遗憾了，我们之间的事终于结束了，谢谢你给了我很多的爱与力量，你去吧，我还给你一个广阔的自己的天空。

回到你那欢快的空间里去吧，你会很快地忘记这个世界上有个叫杨小眉的堕落下贱的女人让你所受的痛苦。她曾一度享受你的爱情，她的一生中仅有的幸福的时刻，就是你给予的。

谢谢你，冬生，我的爱人……

当我念到"冬生，我的爱人"时，觉得自己的神经快要错乱了。

我的眼前仿佛升起一片色彩绚丽的红光，热血在我的太阳穴突突直跳。

我逐字逐句又读了一遍那封信，心中如猛地被蝎子蜇蛰了一口。接着，我便感到嗓子一甜，一股鲜血从我的口里喷射出来，鲜血溅在那信笺上，仿佛嵌在天空的太阳一样美丽多彩。

很清楚，故事到了这里，我对小眉的仇恨已到了极点。这种事的发生，本不需要大惊小怪大呼小叫，一个小伙子与一个姑娘的爱情是偶然的平常的，分手也是偶然的平常的。但是，前提是必须到此为止。然而，事情却没有就此结束。

欺骗，一切都是欺骗。我只是这么想。

许久，我清醒了些，环顾了一下周遭，看见别的人并不关心我这个不幸的男人，他们照常行色匆匆，照常笑语朗朗。

我感到自己好寂寞。

我感到自己好孤独。

我恨透了他们。

我恨透了这个世界。

# 十六

    我不能对这种女人泰然处之，我要想出最歹毒最凶残的方法来惩治她，使她感到痛苦。而要达到这个结果，首先自己必须表露出对此事无动于衷，不但是在她的面前，而且还要在任何一个人的面前，装得若无其事轻松自在。

    在人类心灵的城堡里，有种报复的情愫。报复心理并非是某个人品行上的缺陷，实为人性中的通性之一。人的内心很少不存在报复心理，只不过有人直露在外，有人深藏在内，有人在这种心理后很快消失，表现出一种豁达宽阔的胸襟，有人则将这种心理化作一个血淋淋惨不忍睹的事实。我当然不是具有豁达胸襟的人，所以，我眼里饱含着愤怒的泪水，胸中充满了为达到某种平衡而复仇的强烈欲望。

    当时，我是这么思考这件事的。小眉对我的爱也许是真的，可她过去对我一往情深的感情也可能会随时地给另一个男人。我一想起她可能会与另一个男人亲吻，甚至会缠绵在一起，就会在心理升腾起因受到侮辱而怨深似海的感觉。我要报复她，不择手段地报复她，让她欲死不能，却生不如死。

    我在旅馆里半躺半卧在床上，就这么思想着。有时，灵魂完全被邪恶的念头主宰着，恨不得马上举起心中的长矛刺向小眉。可有时也心平气和地想，何必非这样不可呢？既然自己决心已不再爱她，又何必一定要再给她增加痛苦呢？更何况过去她曾是那么热烈地爱过自己，给了自己她所能给予的一切。

可是，能讲我不再爱她了吗？爱她，我感到是一种无法忍耐的侮辱，不爱她，我又感到自己纯真的心灵已被她彻底占领。我越想越觉得对这种女人绝不能善罢甘休了。

凶狠恶毒的念头热情纠缠着我，我一心想找一个折磨小眉的方法。

男人啊男人，在你自己自私狭窄的欲望受到侵犯时，竟会变得如此卑鄙与渺小。

我想到了敏瑛。想起这位揭开小眉伤疤的女人。她是我对小眉实施所谓报复过程中的一颗举足轻重的绝妙的棋子。

于是，我来到敏瑛家。

敏瑛不在，她妈热情地招呼我。

"你不是冬生吗？快进来吧。"

"伯母，我找敏瑛有事。"

"冬生，敏瑛虽然在她舅舅的规劝下搬回家来住，可我仍然三天两头不见她的人影。唉……"老太太无比伤感地哀叹着，拉过我的手，说，"冬生，我老了，我的话她只会当耳边风。唉……她爸死得早，我屎一把尿一把地把她拉扯大，原本希望自己老了有个依靠，可谁知……我上辈子究竟造了什么孽啊……冬生，你替我劝劝她吧，这个年龄是很容易错过的，别再整天叫我这老太婆担心着……"

老太太浑浊的眼泪从眼角如断了线的珍珠般滚了下来，她不得不停下话来，用肮脏的衣袖擦着眼睛。

"伯母……"

老太太重重地倒吸了一口气，那要爬到嘴边的两条蛔虫般浓黄的鼻涕很快钻回她的鼻腔，"她准听你的，她对你……"

我马上对这位老太太表示了同情，任何一个父母如果子女们不听话，岂有不痛心之理。如果不是我需要这颗棋子，我肯定会对敏瑛的所作所为深恶痛绝的。

"别说了，伯母，我一定会阻劝她的。"

老太太听了我的话，感激得直向我点头，"好孩子，好孩子……你怎么不到单位去找呢？"

我匆匆地告别了老太太，大步流星地来到税务城南所。

敏瑛早就看见了我，一阵风似的从里面迎出来。脸上一副春风得意的样子。

"哎，什么风把你给吹来了。"

看着装扮得像马路娼妓般的她，我强压着恶心，"别开玩笑，我想找你谈谈。"

"找我？"她用肩膀故意撞了我一下，嗲声嗲气地说，"你没有搞错吧，你的宝贝小眉会同意你这样做吗？"

"我们已经分手了。"我耸耸肩，向后退了一步，"她正如你说的，这种女人不值得我爱。"

"真的？"她的脸上闪过一丝不易被人察觉的惊喜。继而，把那涂着猩红甲油的手搭在我肩上。

"是不是她又风流起来了？"

"……是的。"我咬咬牙，灰溜溜地说。

她欢快地围着我转了一圈，说："要不要我帮你做点什么？我想我会很乐意的。"

"我正有事找你。"

"好吧，我先向主任请个假，你等着。"她给我飞了个媚眼，就向所里走去。

一分钟后，敏瑛拉着我的手，恋人般地出现在税务局宿舍楼前面宽绰的街道上。

这时，正如我所希望的那样，我碰见了小眉。

小眉惊讶地望着我与紧紧拥住我的敏瑛，本来就苍白的脸益发变得如死人一般。她的身子在摇摆着，如深秋枝头的一片枯叶，但最终没有倒下。

这已够她受的了，但我还觉得不够，我知道自己有力量控制小眉的所有情感，我不但不去珍惜，反而把它当作是她的弱点，卑鄙地滥用这种力量去折磨她。

我就是这样一位恬不知耻自私自利的人。

我望着小眉的苍白，望着小眉的虚弱，竟然当着她的面，在敏瑛的脸上吻了一下。敏瑛也示威般骄傲地斜睨了一眼小眉，鼻孔随即是一声刺耳的"哼"，便与我亲密无间地把小眉晾在一边。

"冬生，你为什么要这样做？"我的这种做法，竟连视小眉为敌的敏瑛也感觉有所不忍。她在我们拐了个弯后，马上这样问我。

"因为我爱你。"本来在刚才看见小眉那个痛心疾首的样子时，我是多么兴奋，可等小眉的身影如同一双被自己扔掉的廉价破鞋般远远地抛在身后，我的心开始疼痛起来。我违心地对敏瑛说。

"不是这样吧，你不会是在利用我来刺激小眉吧。"敏瑛有些警觉地停下脚步，摆脱我，冲我直嚷嚷，"冬生，我不会上当的。"

"你拒绝我？"我被扭曲的畸形的心态并不想使这种行之有效的报复计划过早地结束。

"是的，我不愿做你这出戏中的一个仅仅是被利用的配角，除非你是真心的。"

听了这话，我突然发现敏瑛原来也很有思想，甚至还觉得她有着很可爱的一面。

"要我怎样才能证实自己？我只能告诉你，我讨厌她。"我有些激动地用手搂住敏瑛纤细的腰肢，说，"她很下贱，过去我的确很迷恋她，可现在，她已在我的心目中消失了。"

当然，敏瑛马上又接受了我。

晚上，到了敏瑛家。她如换了一个人般，对老太太是左一个"妈"右一个"妈"，直叫得老人家不住感激地望我，不住地用衣角擦热泪。

晚餐很丰盛，还有葡萄酒。这是老太太特意准备的，像是在庆贺全家团圆。

我又吃又喝，竟一时把小眉给忘了。直到敏瑛支走了老太太，我才又想了起来。

"你真能把小眉给彻底忘了？"

敏瑛很忧郁地问我，筷子在她的指间转动着，尽管脸上浮着笑意，心却是冰结的。她几乎是屏住呼吸在等我回答的。

我无法回答她，因为我自己完全没有这个信心。虽然此时对坐在身旁的这位如花似玉姑娘的看法在逐渐改变，并已产生了一种温温柔柔的感觉。虽然敏瑛也自觉地产生了比小眉拥有更多的优越感。我望着敏瑛眼中真诚期待的感情，甚至还朦胧地有种相见恨晚的感觉。

现在，我觉得很对不起敏瑛，至少在这件事上。可这是我当时意识不到的。

"我也不知道。"我愧疚而又沮丧地低下头，"但我发觉自己已经在努力忘却她，另外，我除了跟她像其他男人一样睡觉外，没什么，她是个人尽可夫的女人。"

"我也曾被男人玩弄过，但我不是在偷汉子。我是失身于幻想，失身于轻信，失身于爱情的……为此，我失望了，甚至绝望了。对一切都没有信心，我活着只是为自己……直至遇到了你，我心中又有了希望有了憧憬，可……讲来这也还要感谢小眉，是她在刚调进城与我同住一舍时将你的所有告诉了我，那时我俩也曾是无话不说的朋友，每次当我看到她在读完你来信后的那种陶醉之中的表情，可……可我没有机会。有次，我偷看了你的信，我有种飘飘欲仙的感觉，仿佛……"讲到这，敏瑛眼中的泪水夺眶而出，她不得不用面纸擦了一把，"冬生，我内心一直忍受着男人各种的诱惑，表面却又与他们若即若离，其原因就是我要叫他们痛苦，就像他们中的某人所给过我的痛苦一样，直到现在……与你坐得这么近，我才真实感到兴奋，才感到自己如久旱遇甘霖一样地需要爱……"

面对着完全陷入自己圈套，对自己情深似海的敏瑛，我努力克制着自己的欲念。我本来是想刺激她一下，就像她曾刺激过我一样，但我没有这样做，这不能说是她对我有多少利用价值，而是我感到她不但也很可怜，对爱情其实也很专一。

情况虽然如此，但我始终念念不忘的是她给我带来的痛苦，是她给我带来的不幸。

"敏瑛，相信一切都会过去的，只要自己对生活充满信心。"我将一张纸巾递给她，把话题一转，"不要自暴自弃，不要再让辛苦了大半辈子的母亲为你担惊受怕。你的母亲多不容易，可你……"

敏瑛打断我的话，说："冬生，我会改变自己的，请放心，只要是你愿望的，我一定会改变自己的。"

"真的吗？"那时，我倒像是一位长辈。

敏瑛深情地拥着我，浑身如初恋少女般颤抖着，脸色也因激情而红润。

"冬生，你应该相信我，我并非是个坏女人，任何一个人如果对未来没了希望与信心，都会自我沉沦自甘堕落的。但现在我有了你，虽然对这种日子我不知道会有多长，我还是要谢谢你……你是我的希望……"

我怀里抱着一个女孩，一个真正的有血有肉的女孩，一个不是小眉的女孩。这是我从来也未曾想象过的，这使我在感到某种冲动的同时，也感到深深的恐惧。这种冲动纯粹是男人肉体上的感觉，而这种恐惧却是一种不可饶恕的负罪感。

我嗅着敏瑛头发的清香，与自己的理智苦苦地煎熬着、激烈地奋战着。许久，我便试着去幻想小眉的笑容，眼泪与哀求，去想任何可以抑制自己对怀里的女人有某些需要的事……小眉成了一个迷蒙遥远的企盼，她已经在我爱的旅途上成了一处虚无缥缈的幻景……我痛苦地等到自己怀中诱人的真实……感激上帝，我终于没有做出自己想做的事。我只是轻描淡写地与敏瑛作了礼节性的拥抱与亲吻后，便借故逃离了这间能使任何一个健康男性都愿意醉死在其中的房间。

之后，我与敏瑛俨然一对情深意切缠绵悱恻的恋人，但我从来没有为满足生理需要而去碰她的身子。虽然有些人对我的这种讲法嗤之以鼻，但我没有必要骗人，人们也有这个权利怀疑我。至于此事，小眉后来就根本没有提及，因为她相信我。

从此，我每时每刻都在虐待着小眉，小眉因风流再起，被我遗弃的谣言不胫而走，一时在税务局流传开来。我知道，这肯定是敏瑛的"功劳"。

我感到很满足，感到自己从来没有这么兴奋过。可怜的敏瑛，对我丝毫不抱一点怀疑，她自感只要顺从我的意愿，折磨小眉，就可以与我天长地久。所以，她一有机会便凌辱小眉，不管是大庭广众，还是单独相遇，而且手段又很卑怯。这些全都不能责备敏瑛。

对敏瑛的内疚似乎还谈不上铭心刻骨，因为有时我会用报应这个词汇去敷衍自己，而随着时间的推移，我对小眉的愧疚感却越来越强烈了。不论我在哪儿见到她，她的脸色总是一次比一次苍白，心情总是一次比一次忧郁，仿佛一张白纸在风雨中飘摇着。虽然我看到她痛心疾首的模样，有时会沾沾自喜，但小眉那并不避躲的苦苦哀求的目光使我感到震惊。从中，我已可以看出她并不似自己想象的那么放荡，那么见异思迁。

我误会她了吗？是我自己错了吗？我时常这么问自己。

这种明朗的内疚心情，在想起她的过去，想起她的未来可能会做的事情，想起她残忍地抛弃我的儿子的时候，便变得模糊了。

这就是我的杰作，只有疯子才会有的杰作。那时，我精神亢奋得像个醉汉，像疯人院出来的精神分裂患者，没有人能阻止我，也没有人能读懂我。

有时，我见到她向我投来哀怨的目光，抑制不住地想告诉她自己仍爱着她。但冥冥中似乎有个声音在告诫自己，她是个卖弄风情不知羞耻的女人，不错，她是个令所有男人着迷的女人，假若就因为她的外表而跟她结合，那才是真正的疯子，我又想。

小眉病了，这是吴菲告诉我的。

那天，我从老家回到县城，一出站，我就看见吴菲。我竭力装出一种极度轻松极度兴奋的样子向她问好，并问她为何而来。

她并不理会我，而是用十分鄙夷的眼光盯了我几分钟后，用严肃而又激动的声调对我说："冬生，想不到你卑劣到这种程度，你还有一点人性吗？这出自编自导自演的戏的确很高明很精彩。现在，你达到你的目的了，你还想干什么？原来我以为小眉有你会有幸福的，想不到你这么心胸狭窄多疑善变，你还配穿这身军装吗？"

我根本不敢相信像吴菲这样一位女子，竟然能在这大庭广众之下让我出丑。要知道，长这么大，还没有哪个人敢在我面前这样侮辱我，可我无力争辩，根本也不想争辩，反倒乐意她就这样将自己痛快淋漓地骂个狗血喷头。

"……是军人，就该有军人的涵养气度，而你却不如一位纤纤女子。小眉被你折磨得躺在床上，你该知足了吧，可她至今都没有怀恨你责备你。她虽然忍受不了你的所作所为，她还对我说：'其实冬生也很痛苦，他的这个样子是装出来，他爱的仍然是我。'我真不知道小眉为什么会变得如此执拗，这么糊涂。冬生，你想想看，你摸着自己的良心想想看，小眉有什么地方对不起你，除了那不堪回首的过去，那是过去，你能改变吗？她又能改变吗？你一定要对她赶尽杀绝吗？你为什么要这样伤害她？她是一个女孩啊！"

吴菲这串毫不掩饰自我感情的话，仿佛一场倾盆暴雨泻倒在一位在沙漠中被太阳晒昏了头的人身上，使我看到眼前的希望与绿色。同时，也似乎有种不祥之兆。

"小眉她怎么啦？"

"她都快要死了！"

"……真的……"

"我为什么要骗你。冬生，对这件事你是要负责任的，她被你弄成这个样子，你却整天花天酒地，又有女人陪伴，你真的欲置小眉死地而后快吗？本来，今天我想把你痛痛快快地痛骂一顿，可为了小眉，我忍了。可这件事总该有个结果，冬生，你究竟准备怎么办。"

"吴菲，我还能见她吗？"

"我也不知道，但要看你对小眉还有没有一点爱，至少是一些怜悯。"

吴菲听了我的话，气色温和了许多。

我迟疑了许久，在自己虚伪与真实的两种矛盾心理激斗后，才嗫嚅地说："我的确是爱她的。"

吴菲不禁为之一振，一改鄙夷的容颜，叹道："唉，小眉真是太了解你了，你怎么就……唉，不说了，你还是去看看她吧，她连在梦里都在呼唤着你的名字。"

我感激地点了点头。

既然自己的内心已被小眉窥视得一清二楚，那么我的这种疯子般的做法，还有什么用呢？我必须放弃报复的欲望，因而对两人的关系重新做出决定。因此，我下定决心马上去见她。我真担心小眉会做出什么傻事来，原来她之所以能苦苦地支撑到今日，是由于自身对我的信心没有完全丧失。我不由地想起往日来经常做的一些使自己惊慌失措颠三倒四的噩梦来，每当从乱梦中醒来，心里总是怦怦直跳，身体却僵直得一动不动，怀着一腔痛苦的爱，痛彻心扉地思念她。有时，在对她的绝望中平静下来，却又进入一种不可思议的自己可以观察的孤寂的境界，仿佛正被人硬往一处又窄又小的洞里拽，直拽得我被挤扁，眼看着就会被憋死。因为绝望就意味着我与小眉一刀两断，而我对一刀两断后的生活却感到一团漆黑，仿佛死寂的坟墓。这又明显地意味着自己同小眉的分手是不理智的选择，这是一块令人痛不欲生的心灵的碎片。

等吴菲走后，我先来到公园。

那棵小松树依然青翠，我与小眉的爱情也依然在各自的心里熊熊地燃烧。

等天黑了下来，我疾步来到税务局宿舍大楼。

我无法将当时的心情告诉你，这是任何语言与文字所无法描述的，总之我百感交集心乱如麻，以至于走到她的宿舍门口时，不得不扶住墙壁，以防瘫倒。

我如犯了错误的孩童般犹豫了一会，心中的感觉却不亚于一名初上战场的士兵。

当我开门进去后，小眉并没有因为我突然的不约而至，而感到惊讶。

我们相互对视了很长时间，小眉才幽怨地说："你害得我好苦啊，冬生，我非要受到这样的惩罚不可吗？"

"除了过去那不可更改的事外，我什么也没做。"小眉委屈的泪水涌了出来，她不得不将脸埋在双掌间，说，"冬生，宽恕我吧，不论你是有意或无意，我都已承受不了。你给我的担子已大大地超过了我的负荷，你知道吗？有一天，你会把我挤扁压碎的……冬生，何必一定要这样做呢？如果有一天，你对我说你希望我永远不要在你的面前出现，那我马上就会在这个地球上消失的，可……冬生，我知道，即使你果真说了，那也肯定是违心的，不是吗？因为你是一位好人……冬生，求求你，别再这样做了，其实受伤害的还是你自己……"

小眉原躺在床上的，这时我发觉她想挣扎着起来，我忙跳过来，按住她，并为她掖了被子。继而用一种像知道自己犯了错，却又在大人面前不愿承认的孩童般的口吻对她说："你以为我就轻松吗？自从那晚看了那讨厌的家伙给你的那封肉麻的字条后，我几乎濒临绝境……虽然我的心在十分痛苦与矛盾的边缘，可你应该知道，我是在努力消除一切疑虑。可……"

"你希望我是一个在任何人面前都不起眼的女人吗？那你才是傻瓜。……冬生，看着我的脸吧，像那种恋爱时的脸吗？"

她又想起来，我忙制止她。

她仰起头颅，让我审视。

当我把眼前的这张形容枯槁、憔悴欲死的脸与当我俩初恋时的那张笑容可掬、亮丽灿烂的脸相比较时，我还能无动于衷吗？

"小眉，我并不是愿意这样做的，你也知道这样做，我的心究竟有多么悲哀，可……可我真不是人，小眉，是我把你逼成这样的……"

"冬生，你用不着解释什么，也用不着为这样而自揽责任。事情总是有因果的，这是我应该遭的报应……冬生，让我从你的灵魂里消失吧，这样你才能摆脱痛苦的图圄……"小眉别过脸去，重重地抽泣着，"……冬生，不要为一个不纯结的女人羁绊住，离开我，去寻找理想中的爱情吧……我不能赋予你幸福，我更不愿看到你痛苦的神情，特别是你故作轻松的样子……每次见你如此，我的心……如刀剜一般地疼痛啊……"

我感到心中复苏的是对这个女人初识时的那种爱与欲望。

"不！小眉，原谅我，把一切都忘却，我们……"

"冬生，我会忘却的，因为往后不管怎样，我都会由于曾经得到过你真挚的爱而无憾于世的……"

我紧紧地握住她的手，仿佛害怕她马上就会消失似的。

"……冬生，你的感情，我是能感受到的，可是你爱得太苦了，冬生……"

我嘴唇抖动了几下，却讲不出话来，心中无比愧疚，一段时间来压抑着的对她的爱，在搅拌着我的五脏六腑。我试着用爱抚与温情来感染她，她浑身如穿过一道电流般颤抖着。突然，她扑在我怀中。

"冬生，你杀了我吧，然后你再去自杀……你杀了我吧，我控制不住对你的爱……我……"

她似乎将全身都倾吐在爱上。

一个人的肉体与灵魂，在这种时候，只能讲是一具空洞无物的躯壳了。

# 十七

清晨五点钟，天空像久病初愈的少女的脸，刚露一些朦胧灰白的晨光，小眉就把我推醒。

"起来吧，现在你必须走，这是没有办法的。起来吧，否则，保洁阿姨就要来了。"我睁着惺忪的睡眼，看着虽显得很疲惫却已有了光彩的小眉的脸。

"小眉，难道我们是在偷情吗？这种诚惶诚恐的日子，真不知是什么滋味。"

"这是没办法的。"小眉无奈地摇摇头，"现在我俩的关系不能这么快让敏瑛知道，否则……冬生，这是命中注定的，我们要相爱，也许得先学会过流浪的生活，你感觉到这一点了吗？"

"我们不可以改变一下吗？"

小眉沉思了一下。

我满怀希望地望着她。

"要不我们干脆去住旅馆，好吗？"

"那钱呢？"

"这个我会解决的，贵的我们当然住不起，我们可以找一家较为偏僻的价格低廉的小旅馆去住。况且，又不是长期的，你不还要回部队吗？"

我俩又紧紧地拥抱了一会，我才顺着小眉指的路线，从边门溜了出来。

此时，街道上还渺无人迹，小山城还沉睡不醒，到处都吹着阵阵割人的寒风。我一边跺着双脚，一边打着寒战，把衣领口松开的纽扣扣上，当我一想起昨晚的情景，心里又热了起来。

整个上午，我都花费在寻找合适的住处上。在这县城里要找一处自己心中所能指望的住处还真不容易。直到中午，我才选中城北一家冷清得门可罗雀的旅安旅舍。

我若无其事地走进去，店老板正在一张破旧得任何一个动作都会发出"吱呀吱呀"乐曲的小木桌上吃中饭，一边含糊不清地哼着小曲，一边慢条斯理地喝着老酒。老板见我后只是漠不关心地从眼皮下给了我一个黯淡的眼色。而在我拿出随身携带的通行证要求登记时，他才木然地不敢相信地带着一身呛人的酒味向我走了过来。

"住宿吗？"他瓮声瓮气地问我。

"对，有没有单人间？"我假装心不在焉地点点头。

"你真幸运，楼上一间住的客今早刚走。"店老板边说边将破烂不堪油腻兮兮的一个本子晃了晃，"同志，请你登个记。"

"老板，我可能要在此住上一段时间，这价格……你看……"

"好讲，好讲。"店老板听了我的话，将脏得似乎自出生后一直未洗过的手往腰间抹了抹，便伸了出来，很有点受宠若惊的样子。

我装着没看见，埋头在本子上写着。

店老板尴尬地"嘿嘿"了两下。

之后，店老板十分讨好地忙不迭地将我领上楼，又与胖得如肥猪般的老板娘一起，给我拎来水瓶，还有一台没有天线的黑白电视。老板娘几乎是侧着身才进来的。

这个房间是厢头房，这家旅馆是一般的民房改建成的，房子的年代有些久远了，木质的地板，随时可以暴露人所在的位置。房内有一张床，一盏电灯，一桌，两椅，此外就只有烟雾般的空气了。等老板一走，我便立即闻到了一股刺鼻的怪味，随之又听见楼下有食料投入油锅的"刺刺啦啦"的声音，我这才知道这房的底下就是厨房了。

下午四点刚过，我就把小眉接了过来，当我俩经过那由两张普通书桌拼凑而成的所谓服务台时，我发现书桌后面店老板眼中现出贪婪的猥亵的笑态。

"两个人住吗？"他问道。

我知道他为什么要问我，于是我从口袋里挖出二十元钱往桌上一搁，便拉着小眉匆匆地逃上楼。

小眉一进去，就皱起眉头，但又很快地舒展开来，像是在安慰我。

"是的，总比提心吊胆的好。"我无比愧疚地这么想。

晚上，我俩钻进又冷又硬的被窝，鼻腔里灌满那种因被子像几年都未曾翻晒的难闻的霉酸气味。忽然，身体某处奇痒难忍。接着浑身发痒，连心窝都是一样，我俩进入了一个跳蚤世界。

"总比提心吊胆的好。"我又想。

然而，这可恶的小东西，仿佛是已饿了一个世纪似的，拼命地向我俩发起进攻。最后，连睡意都被赶得一干二净，于是我俩干脆就穿上衣裤坐了起来。

"明天一定离开这个鬼地方。"我恨恨地说。

"不用了，这里其实已很不错了，就是跳蚤多了些。要不明天我把自己的被铺带来，好吗？冬生，再说要找一个比这个地方更为安静的旅馆也不容易。"

小眉忽然指着墙壁又对我说："冬生，看。"

透过昏暗的灯光，在剥落的墙壁上歪歪斜斜地有一行淡墨的字迹，我仔细地瞧着：

　　　幸逢美女双双恩爱于此。

接着，我俩又在墙壁的很多地方发现了很多不堪入目的污言秽语。

"总比提心吊胆的好。"我又这样想。

第二天，我叫店老板对房间进行了一次全面的清扫，到了小眉下班时，她果然把一床崭新的被子带来。

从此，我把自己完全关闭在这间令人作呕的房子里，却仿佛拥有了另一个崭新的天地。与小眉一起时，我们就紧闭起门，沉浸在一种迟来的爱情所特有的狂欢热潮之中。那是一种缺乏理智的、疯狂的激情，这种激情使我们忘了饥饿，忘了冷热，甚至忘了房间外面的一切。

我享受着眼前的，过去的与将来的都似乎与自己无关。的确，要是人类不那么孜孜不倦地驰骋自己的想象力，追忆以往的不幸，感想未来生活的艰辛，而醉心于眼前的境遇，那么，人类的很多痛苦就会悄然消失殆尽的。

然而，这种等待与半公开的幽会，总感到等的时间是那么长，而在一起的时间又是这样短促。这种近乎于偷偷摸摸地在外面恋爱让人感到焦急与伫盼，就像受刑罚一样的痛苦。

倘若上帝施舍给我们的仅是这么一点点的痛苦，我倒觉得自己应该感激上帝，可事情并不是这样。

一天夜深，我俩在一阵狂风骤雨般的狂欢后，刚迷迷糊糊地睡去，可一顿猛烈的敲门声，又把我俩惊醒。

"开门！我们是派出所联防队来查夜的，开门！"敲门声与喊叫声一浪高过一浪。

小眉惊恐万状，紧紧地缩在我的怀里。

一阵慌乱的心悸后，我反而不觉得有太多的害怕了。因为，我认为虽然旅馆是不允许奸宿的，可我与小眉并不是奸宿，而是真正的爱情。

两个穿着黑色制服，神情严肃的保安，向我亮亮手臂上套着写有"联防"两个猩红字样的袖章后，把我带到老板的厨房兼值班室内。

"叫什么名字？"一名个子稍高的保安一边翻开讲义夹在写些什么，一边连眼都不抬一下地问我。

"王冬生。"

"干什么的？"

"当兵的。"

"在什么地方服役？部队番号是什么？"

我简直有些愤怒了，可我还是老老实实一字不差地告诉了他们。他们有这个权利，我也有这个义务。

"上面的姑娘是你什么人？"

"是我爱人。"

"叫什么名字？"

"杨小眉。"

"在什么单位工作？"

"县税务局。"

"请拿出你们的结婚证。"

"没有。"

"是没在身边，还是未办？"

"是未办。"

"你知道未婚同居是非法的吗？"

"知道。"

"那为什么明知故犯？"

我没有话可以来回答他们，只是低着头，但我心中依然很坦然。

接着，那个子稍高的保安向一直一言未发的另一名保安投了个询问的眼光，两人又鬼头鬼脑地嘀咕了几句，似乎并没有什么恶意的样子。

最后，他们又给我讲了一大通道理，便头也不回地径直走了。

临走时，另一位保安好像还友善地拍了拍我的肩膀。

第二天，我俩住进了一家条件较好但也较为偏僻的一家国营旅馆。

平平安安地过了几夜，同样的问题又来了。

这次幸好服务员及早进来通报，才未被当场捉住、当众出丑。

原来住旅馆更让人提心吊胆。

于是，我想起了县城为数不多的几位朋友。

开始是一位老师家，接着是一位同学家，之后又走马灯似的换了几家，可境遇都不很好。刚住进去的头几天，他们似乎都很乐意，时间一长，原来的热情就冷漠了下来，我们也就不再好意思住下去了。

路断了，我们又流浪街头。

小眉的话真灵啊！

正在这难耐的时刻，我意外地遇见初中时的同学王伟国，他搞建筑赚了不少，并在城里买了幢房子。当他得知我的困境后，很干脆地答应将空余的房租借给我，租金便宜得令我有些吃惊。

王伟国的房子离城仅半里之遥，并不影响小眉的上下班，况且，环境也相当不错。无论是我还是小眉，对王伟国的感激是理所当然的，也是在所难免的。

我们又回到欢天喜地的狂欢中，继续着我们深不可测的爱情。由于我们情深似海，总觉得困难是短暂的，前景应该无限美好。

由于为了避开敏瑛和害怕她知道我与小眉握手言和的消息，我与小眉约好当我有时去接小眉下班时的地点。一天下午，我在邮电局给连队拍了份延假电报，并故意给敏瑛打了个我已归队的电话，敏瑛在电话里并没讲什么，她的那种语调告诉我她很可能已知道我与小眉的事了。之后，我便来到与小眉约好的地点——税务局城中所对面一条小弄堂边的一家小餐馆的门口，没几分钟，小眉就过来了，我俩就一起走进这家餐馆。

我向服务员要了两碗汤团，刚落座就发觉有一双似曾相识的眼睛在暗暗地盯住我俩。接着，一双、两双、三双有很多的眼睛投过来，我俩仿佛成了这些眼光的靶心。特别是有两个姑娘在走出门口时，还有意地一边交头接耳，一边回过头。我感到浑身中了无数的利剑，如起了无数的鸡皮疙瘩。小眉一直神情黯然地低垂着头。

我知道在这种目光中所蕴藏着是什么，因为这种目光我并不陌生。

我能恨这些用这种目光刺向我俩的人吗？当然，这是没有理由的，我们任何一个人在看待另一个自己所歧视的人时，都可以用这种目光。

是这种可恨可咒的目光，令我沉淀已久的侮辱感又在心里升腾起来。

在沉闷压抑中吃完汤团，我并没回住处的意思，而是尽拣一些幽僻的小胡同钻，小眉只是默默地跟在后面，双方都一言不发。等天黑了下来，我俩竟来到了烈士陵园，我沮丧地在阶梯上坐了下来，小眉呆立在一旁。

"小眉，你知道那些目光的含义吗？"我斜乜了一眼一直低着头的小眉，酸酸地问道。

小眉苍白的脸上，那含着苦涩的嘴角紧抿着，良久，才咬出两个字："知道。"

我唏嘘一声，伸手拉过小眉。小眉顺从地在我旁边坐下，用一种很奇怪的眼光看我。

"为什么他们要用这种目光看我们？"我心平气和但带点神经质般地追问道。

"是因为……"小眉向我身边靠了靠，用左手从后边伸过来，揽着我的腰，继续用奇怪的眼光看着我，说，"冬生，你讲过我们再也不提过去的，难道……"

我把目光从她的脸上移开，把它丢给昏沉得让人感到心悸烦躁的天空。依然心平气和地说："今晚就算是例外吧。"

"是因为……因为我曾有过不光彩的事。"

一阵刺骨的寒风袭来，把小眉的声音吹得一颤一颤的，尽管这声音细如蚊蝇，但我还是能勉强听清。

我紧紧地拥着不知道是寒冷还是其他原因引起痉挛般颤抖着的小眉，用嘴唇碰了碰她的额头。

"所以人们就鄙视你，也鄙视我？"我停了一会，干咳了几下，又说，"你恨那个杂种吗？"

听了我的话，小眉"倏"地离开我的怀抱，把牙咬得嘎嘎直响，激动地说："恨，怎么能不恨呢？我真恨不得能食其肉寝其皮，可……"

"真的？"

"冬生，这还会骗你吗？"

"我相信你。"我重把小眉抱在怀里，说，"很多人都把胸中的怒火化作一股强烈复仇欲，难道你就不是这样的吗？"

"怎么会呢？可我一个女孩子……"

"复仇不一定全要刀枪相见的。"

"那有什么办法？"

"办法倒是有，不过不知道你是否愿意。"

"不管用什么办法，就是拼得一死，我也愿意。"

"我们的目的不是置他于死地，而是要使他比死更痛苦。"

"那是什么办法？冬生，快告诉我。"小眉急切地摇晃着我，说。

"人的最大痛苦莫过于失去自由，小眉，自你调到县城后，他还来找过你吗？"

"……找过……可我都回避了他。"小眉小心翼翼地说。

"现在如果我要你主动去找他呢？"

"你要我主动去接触他？"小眉不敢相信地问道。

"对！小眉，明天你就给他去个电话，就讲自己现在到处被人瞧不起，只有横下心来跟他过一辈子……"

"冬生，你还要我跟那个畜生过一辈子？"

小眉激动得跳了起来。

"你听我说完。之后，你就约他晚上到县城，他一定会欣然应允的，然后你主动地……就在那畜生兽性大发之际，你大喊救命……"

"冬生，你是一定书看太多了？不……不！冬生，你要我和他……再以强奸罪去告他，不！冬生，我死也不愿意这样去做。我讨厌他，这出戏一定会演糟的。"小眉拼命摇着头以示反对，"冬生，难道就没有其他办法了吗？"

从小眉这惊恐激昂的声音中我听出了她对那畜生痛恨的程度，同时，另一方面也可以看到小眉的内心是多么善良美丽。如今我要她装出笑脸去面对，这的确是不可能的。

"难道这股怨气就让它留给自己慢慢消受了吗？不！绝对不能这样便宜那个畜生。"

"冬生，我什么都愿意去做，但千万不要提刚才的那种事，就是报仇也要光明磊落。"

我俩一时也想不出办法来。

这时，天空仿佛黑锅似的慢慢向大地扣下来，看来这个冬天的第一场大雪将要来临了。

"小眉，回去吧，我们先去跟春辉与小光商量一下。反正不能放过他，我一定要亲眼目睹他欲死不能的苦痛样子。"

（这里我必须补充一下，当时小光已进了县城一家当年效益相当不错的工厂上班了）

# 十八

当晚，老天果不出所料作难似的下起了鹅毛大雪，而且时间持续得很长。

早晨七点钟，面对着这闪耀着凛凛寒光的大地，春辉与小光有些畏缩了。

"哥，这个天还是别去了吧。"春辉把脖子尽量往衣领里钻，双手放在嘴边，不时发出"嗞哈嗞哈嗞"的声音。

我毅然地摇了摇头。

由于积雪太厚，公共汽车是不通了，我们干脆骑着单车。可是，我们才跨上单车，艰难地只滑行了几步，就被摔了下来，还没出县城，一个个已然成了大雪人。最后，我们不得不推着单车踽踽而行。

一路上，春辉与小光兴趣盎然地欣赏着美好的雪景，一会儿，落在我的身后，一会儿，又追逐着超越我。我与小眉则保持一定的距离，毫不相干似的默默地行走着，非常落寞孤凄。

当笼罩在一片白茫茫之中的柳镇终于映进我们的眼帘，已是中午时分了。这时，春辉与小光也停止了方才欢快的嬉戏，我们一行四人几乎是不约而同地停下脚步。

"接下去怎么办？"我想。

小眉、春辉、小光一个个垂着手吐着白色的雾气，相互紧张地张望着。

那时，我们这一行四人就仿佛是一支去执行重大任务的小分队，我是分队长，而他们却是自己手下贪生怕死的士兵。

讲句实话，连我自己也感到头脑发麻。

我把目光从上空冒着缕缕青烟的小镇收了回来，整了整军装，把手下们逐个地审视了一下，最终把目光停在小眉那单薄的身上。

"小眉，你先进去。"

我命令小眉。

"我先进去，一个人吗？"

小眉惊恐地望着我。

"当然，因为在这无辜的四个人里只有你一个人才知道是怎么一回事。"我毋庸置疑地说。

小眉只是迟疑了那么一下，向春辉与小光望了一眼，就果断地迈着一种特殊的步子向小镇走去。那种步子丝毫没有畏缩，而是……而是……我也讲不上特殊在什么地方，总之，有些像英雄赴义的感觉。

天空放晴了，雪后初雾的阳光很苍白无力，但经雪地所反射来的光线却深深地刺炙着我的双眼。

等到我估计小眉差不多已经到了，我才招呼正在堆着雪人玩耍的春辉与小光，昂首向小镇走去。

税务局柳镇分局是小光数次光顾过的地方，因此我们根本不要路人的指点。

值班大厅里一片乱哄哄的，像炸开了锅，每个人都在交头接耳议论着什么。当我带领着自己的士兵进去时，他们又几乎同时昂头注视我，那一张张脸上，有挂着惊恐，有挂着含义不明与幸灾乐祸的笑态。

在这神色各异众多面相中，我发现只有一个大个、鼠眼、形貌猥琐的男人低垂着头，端坐在一个角落的位置上。

我转转身偷窥了一眼小光表情，就立即肯定这个男人就是被自己深恶痛绝的那个畜生了。

一股神奇的力量把我的脑袋撑得奇大，怒火"呼"地烧遍了我的全身。

"卢恒达！你这畜生，给我滚出来！"

由于怒极而发出的怒吼，把整个大厅震得"轰轰"直响，把整个大厅内的所有人都震得目瞪口呆。

卢恒达浑身抖了抖，依然低垂着头。

他的这个样子惹得我怒不可遏，我只感到自己的眼前一片火光冲天。我冲进去，一把揪住他的衣服，把他从椅子上拎了起来，迎面冲着他那令人厌恶的脸就是一拳。他的脸顿时形如吃了拳头的屠户郑关西一样，开了酱油铺子。

大厅内只有几位年轻的姑娘在尖叫着逃离现场，而其他人都并不想离去，却绝非有劝架的意思。

正当我的第二拳要落在他的身上时，一个看似领导模样的中年男子与小眉从一小间里闻讯出来，他忙将我拉开。

"王冬生，有事慢慢谈，不要感情用事，冬生……"

我挣脱他。

"你是谁？"

"我是这里的办公室主任。"

大厅内的人看到领导，忙从各自的位置上站了起来，装模作样地来阻劝我。

我硬是被主任拉到楼上的一个房间，进去后，还非常热情友好地给我泡了杯热开水。

"冬生，卢恒达的事局里已作过处理，今天你是……千万不要感情用事……"

"我是受法院委托来受理这件案子的。"我接过主任的话，并故意整了整军装。

我也不知道这句话是如何脱口而出的，可我觉得既然来了，就得给人一种不可侵犯的感觉，虽然我也知道自己负不起冒充执法人员的责任。

"主任，我并不是来闹事的，但作为小眉的男友，这口鸟气能咽下去吗？"

主任听后，点了点头，便出去了。

一会儿，卢恒达惊恐不安地走了进来。

小眉一见到他，拿起桌上的一把剪刀，仿佛是猎人见到稀有的猎物，失去理智地哭喊着冲上去。一下子，卢恒达的脸上掀去了一块肉皮，继而一粒粒豆大的血珠溢了出来。

真是仇人相见分外眼红。

我故作镇定，把疯狂已极的小眉拖开。

"卢恒达！现在小眉的姨夫已是法院副院长，我是受他的委托来办理此案的，你知道自己犯了什么罪吗？"

想不到我竟还是编撰故事的天才。

"我……"卢恒达惊慌失措得说不出话来。

小眉变了人一般，哭喊着又冲了上去。卢恒达泥塑般任小眉拳搪脚踢，只是浑身如打摆子似的不停地哆嗦。

看到纠缠在一起的两个人，我感到迷惑不解，小眉过去怎么能与这么一个男人掺和在一起呢？我的脑中又闪过难以入目的一幕。

"杨小眉！"我断喝一声，说，"你胡闹些什么，今天我不是要你来与奸夫打情骂俏的，你给我站到一边去。"

小眉如同一名忠于命令的士兵，马上退到一隅，大声地啜泣着，血红的双眼怒视着卢恒达。她的胸中似有发泄不完的愤恨，以至于她的胸脯起伏不已。

"冬生，千万给我一个面子，恒达有妻小，何况这对小眉与你的影响也不好。"

主任息事宁人地恳求我。

听了主任的话，那木偶般的卢恒达终于抬起僵直的脸，哀求似的望着我。

就是这张脸，它在当时赢得了尚不谙世态炎凉人心险恶的小眉的信任；就是这张脸，使小眉解除了对他的戒备并被他夺去了女孩珍贵的贞操。

"笑话，是对我的影响不好吗？"我轻蔑地说，"等我把事情办妥，我们就分手，我只不过尽一点做人的责任。而他们俩本来就是一对不知廉耻的狗男女，还要什么面子吗？"

"不，我是讲这种事最好不要张扬出去。"主任说。

"谁还不知道他俩的丑事。主任，你要让我放过他，可杨小眉的父母不会放过他，他们今天纠集了二十多人在城里等着，要不是我从中阻劝，事情恐怕就不会这么简单了。"

我继续编出谎话来恐吓他们，目的主要是震慑卢恒达这个畜生，我愿意看到他那极度痛苦与恐惧的样子。

我走过去，在他那可恶的脸颊上刮了两记响亮的耳光。他双手捂着脸，痛得龇着牙，蹲了下去。

"站起来！"

卢恒达条件反射似的瑟瑟地站起来。

倘若我当日所见到的卢恒达是自己原来想象之中的那么英俊潇洒风流倜傥，那么我的怒火也许就不会如此之大。可我看见的却是这样一副尊容，怎么也和小眉扯不到一块。而问题又是实实在在的，这就使自己的内心增加了不平衡的怒火。

"冬生，还是咱私下里谈谈怎么办吧，即使你愤恨到非把恒达打死，可这样就算解决了问题，消了你的气吗？"主任说。

这句话正中我的下怀，其实我实在还想不出有什么办法来整治这个无耻的家伙。

当下见主任这么讲，心中便想：也好，先听听他们私下怎么谈。

于是，我跟随着主任到了另一个房间，卢恒达也随后进来。

主任悄悄地掩上门，低声地说："冬生，我的哥哥也曾碰到过类似的事，后来就是私下里解决的。"

"怎么解决呢？"我不露声色地问。

"是用金钱来解决的。"

"金钱也可以作为此类事私了的条件？"我有些迷惑不解，"那不就成了嫖客与妓娼的关系了吗？"

"冬生，像这种事切莫大肆张扬，即使你能将他们告准了，那事情的实质又能改变吗？"主任反问了我一句后，又说，"冬生，其实在这个社会上，像这种事实在是很多，真的。"

"我并不关心别人过去现在将来是否会有这种事的发生，可这事偏偏落在我的头上，我恨不得将他俩赤身裸体地去游街！"

"唉，冬生，何必要这么想呢？人生有多少如意事呢？你虽然决定与小眉分手，可她毕竟才在人生的旅途中走了一小半啊。你心里的苦痛我能理解，但有时你也应该设身处地地为小眉去考虑考虑。小眉是有过甚至是不可饶恕的错误，这不过是一时的糊涂，她依然是位很可爱的女孩。"主任有些慷慨地说。

"冬生，求求你，别把这件事捅到法院里去，你要多少钱就开个价吧……冬生，求求你……我相信你能作这个主的……"卢恒达都快要跪下去哀求了。

"如果不是看在主任的面上，今天我岂能饶你。不过，我要警告你，往后生活要检点些，否则等着你的将是可悲的下场。"我狠狠地挖了他一眼，又挖苦似的说，"至于私了的事，我得先征求一下小眉的意见，因为这完全是你俩的事，我不知道她的身价。"

出了房间，我边走边想；自己此行的目的，是要出一出这口难咽的窝囊气，倘若能把他搞个倾家荡产，目的不也同样达到了吗？

进了另一个房间，我把情况告诉给悲恸不止的小眉，并问她该怎么办。

"你看着办吧，可我真想把他给杀了。"小眉咬着牙，脸都扭曲了。

"当日你与他搂在一起干得热火朝天时，会想到有今日的吗？"我心里极力讥讽道。

我又折回主任的那个房间。

"为了不使事情闹大，小眉同意私了。"我一进门就说。

主任与卢恒达顿时脸露喜色。

接着，卢恒达紧张地问道："她要多少？"

我莫名其妙地竖起一指。

"一千？"

我摇摇头。

"一万？"

我点点头。

卢恒达顿时又哭丧着脸。

"冬生，我们能否通融通融？恒达一个月才百多元的工资，又要养家糊口，你看……"主任替他求情道。

我故意现出同情的样子。

"那么，你讲多少？"

"两千吧。"

"两千？笑话！主任，上一次妓院，要花多少？何况人家可是黄花闺女。算了，我不跟你们哆嗦了，我也不管此事了。"

我作离去状。

主任忙拦住我。

"冬生，再加一千吧。"

我沉凝了一会儿，说："好吧，主任，我又给你一次面子，就听你的吧。"

卢恒达终于露出了疲乏的笑意，很感激地扔给我一支良友烟。我拒绝了。

"主任，可我手头没钱。"

主任深深地无奈叹了口气。

"你先到财务借三千元，但你必须两个月内将这笔钱补回去，否则如果给局里知道了，事情会很糟的，也会牵连大家的。"主任一边说，一边示意卢恒达快去。

最后，我还写了一份一式三份的收据，并怀着已达到复仇目的的心情，在收据上签下自己的名字。

谁想到就是这张签了王冬生三字的收据，给自己日后带来了灾难。

回到县城，一到家我就轻蔑地把厚厚的一沓人民币扔给小眉。

"这是你的卖身钱，现在交给你，你是这笔钱的真正主人，爱怎么用就怎么去用吧。"

"不！这钱我不要，我不要……"小眉把手别在身上，步履踉跄地后退着。

"你嫌少吗？可是，你就这个身价。"我继续揶揄道，"你既得到钞票，又能快活舒服，况且他又那么风流倜傥，那么英俊潇洒，真可谓是一本万利啊！"

"不！不……"小眉紧捂着双手，似有些含恨的泪迹才干的双眼又潮湿起来。

我渐换成一本正经的口吻，说："小眉，我实在受不了了，咱们分手吧，为你也为我。"

"你还要提分手吗？冬生，为什么？为什么？难道你真的不可能原谅我吗？冬生，不……"

"不为什么，小眉，我感到自己快要崩溃了，快要死了。"我十分真诚地说，"真的，小眉，我俩也许本来就不应该相爱。"

小眉一下子扑过来，搂住我，似乎害怕我马上会消失的样子。

"冬生，你可以嫌弃我的身子，可……"

小眉的话令我有撕心裂肺的疼痛，也使得我也有些激动起来。

"小眉，我们还是还原吧，仍然做我们的兄妹，好吧？"

"我不要这样，冬生，你可以与别的女人结婚，但万万不可忘记我。"小眉歇斯底里的声音，突然变得幽暗起来，"我属于你，每时每刻都属于你……冬生，我真的是这么想的，即使我只能做你的情人……"

小眉的话是真诚的，爱是真挚的，可为了双方的利益，我不得不离开她。

当晚，我将所有自己寄给她的信件与相片全部都烧毁。当看到火苗垂死挣扎似的跳动着的时候，我想起了小时清明节上坟烧纸钱的情景，小眉则如一片被风刮到空中的纸灰，摇摇欲坠，一碰即碎。

"我有了一个情妇。"在次日回部队的火车上我这么想。我感到身心空虚困乏到了极限，觉得自己的躯体如同一张烙饼被贴在座位上。我使劲地重复着，"我有了一个情妇。"但我感到失望，因为一切光闪闪的诱惑都被那形容猥琐的男人所掩盖起来。浑浑噩噩中，时间到了第二年清明的时节。突然有一天，我意外地收到了一封加急电报，"杨小眉病危速来县人民医院外科部。"

# 十九

赶到县城，天已然擦黑，我心急火燎地在车站租车处租了辆自行车。

脚在飞快地踏着车蹬，夹杂着寒冷的风呼呼地在耳边掠过，行人商店树木迅速地向后倒退，就连脑袋也在旋转着。小眉究竟出了什么事？她会怎么样？我见到的她会是什么样子呢？忽然，我只感到眼前一黑，一串星花冒了出来，自己像撞在一堵墙上。直等到感觉到浑身胀痛的时候，才发现一辆客车停在自己的身边，而人则倒在一旁，一位素不相识的人苍白着脸扶住我。我在那个人的帮助下艰难地爬起来，尝试着伸伸手臂与腿，除了痛之外，我似乎并没感到有什么不适。于是，我扒开渐渐围拢来的人墙，又飞身上车。

赶到人民医院外科住院部，恰巧碰见几位神色慌张的护士推着一辆手术推车匆匆地从病房里出来，并迅速推入长廊，进入电梯。我急步地跟了进去，担架上的病人在痛苦地低低地呻吟着，我不自觉地向病人瞥了一眼……轰……我只觉得自己的头顶一个晴天霹雳，小眉，是小眉，她怎么会是这个样子呢？怎么会呢？

担架上的小眉头部横七竖八地缠满了带有血迹的纱布，僵蜡般的脸因此而扭曲。我想扑过去，护士一定是以为我疯了，因为她们鲁莽地将我推倒在电梯里，并用异乎寻常的目光盯着我。我无力地靠着电梯冰凉的铁壁，腹内如翻江倒海般难受恶心。

一辆手术推车匆匆地推进手术室，我被刚刚关合的自动门撞得不由自主地后退了数步。

一会儿，我强行拦住正想进入手术室的护士，一把抓住她的肩膀，几乎是吼叫地对她说："杨小眉她怎么啦？她究竟是怎么啦？"

护士惊恐地将我拖到离手术室较远的一个角落，面露怒色，呵斥道："你在吼什么，难道你不知道这是什么地方吗？你吃错了药还是神经病？"

说完，她用手指了指高挂在走廊中间一个猩红的"静"字。

"我知道这是什么地方，护士，我对刚才自己鲁莽的举动说声对不起。可我只想知道杨小眉出了什么事？为什么脸上要缠着那么多讨厌的绷带？为什么要痛苦地呻吟……护士，你能告诉我吗？"我恳求道。

护士上下打量着我，脸色开始温和起来。

"你大概就是王冬生吧。"

"是的，护士……求求你，你能告诉我这一切都是为什么吗？"我几乎是乞求地说。

"你是她什么人？是朋友？是兄弟？"

"我怎么可能是她的兄弟呢？她姓杨，而我姓王，我们是……不过……现在……反正我也不知道怎么跟你说。"我沮丧地摇着头。

护士似乎明白过来，她轻蔑地瞟了我一眼，鼻子里重重地"哼"了一声，本已开始温和的脸色又冻结了。

"难道你还不知道小眉是为你而跳楼的吗？"

"怎么会呢？她跳楼寻短见？为我？为什么为什么？"

"一开始我们也并不知道，只是从她的提包中发现一张写满你名字的信笺，又找到一个写有你部队地址的信封，而且，她在昏迷中还不时呼唤着你的名字。所以，我们就给你发出了加急电报。"

"那她的父母呢？"

"前天，在找到她所在单位后，并通过他们通知了她家人，她的父母亲是昨天很晚才赶来的……冬生，不是我想数落你，可不得不为我们女人讲一句公道话，希望你不要做陈世美。"

"不！护士，你是不会了解的……"

"这种事我见得太多了，男人的爱都是挂在嘴上的，心里其实恨不得把世界上任何一个女人都占为己有，但讲实在的，在现如今像小眉这样对待爱情的态度的女人也已很不多见了。"

"护士，告诉我，她伤势很重吗？她会死吗？"

"她的伤势的确很重，现在正给她实施第二次手术，可惜……"护士说着，把脸别向一边，片刻，又说，"我得去了，反正手术的时间不会短的，你先到外面去走走吧。"

我并没有走开，而是瘫软在过道的椅子上，只觉得心中的所有一切都像掉了似的。我什么都不想去想，我真的多么希望在此时能好好地睡上一觉，哪怕是得到片刻的休息。可我能做到吗？我倚着椅子，浑身乏力，思想冥蒙，眼里漆黑，神经发麻，脑中不时闪过小眉那蜡般的脸，那浸透血迹的绷带。我心中万分虔诚地在向仁慈的上帝默默地祈祷：别让她死，上帝啊！求你别让她死，只求你别让她死……她是因我才有这种苦痛的，现在我就在她的身旁，上帝啊！求求你，别让她死……亲爱的上帝，求求你，别让她死，千万别让她死，我什么都答应你……仁慈的上帝啊！求求你，我什么也不在乎，一切都是我的错，要惩罚就惩罚我吧！上帝，你既然创造了人类，却为什么要把人类折磨蹂躏，难道你能眼睁睁地，无动于衷地看着不该死的人死去？不该消失的生命消失吗？上帝啊！救救她吧！倘若一定要死，就把死的位置让给我吧！亲爱的上帝，求求你了……

我的心在过分的苦痛中挣扎着呐喊着，寻找着那即便是一丝的希望与淡薄的快慰。

不知是过了多久，手术室的门终于打开了，我跟跟跄跄地想扑过去，可不知咋地腿肚在发颤，腿筋在发软，只得扶着墙壁努力地尾随着。

在病房门口，我又遇见刚才见到过的那位好心的护士。

"她会死吗？"

"还好，她终于挺过来了，她毅力令人感到吃惊。"护士那美丽的眼睛在我的脸上停滞了片刻，难以置信地说，"我发现她仿佛是还有一件重大的事还没有了结，她活下来了，可她还在昏迷状态。"

"她会留下什么后遗症吗？"

"一般不会，她的脑神经并未受到创伤，主要是失血太多，你可以放心了。不过你一定接受这次教训，好好地珍惜她爱护她。"

"我能见她吗？"我向护士投去乞求的目光。

护士迟疑了一下。

"你先等一会。"

一会儿，护士在特护病房门口向我招手，让我进去，我焦灼地跟着后面。

小眉头枕着松软的枕头，脸上绝无血色，护士见我有些冲动，忙用手指放在唇边，轻轻地"嘘"了一声。

"现在她还不能讲话。"护士凑到我的身边，低声道，"她很虚弱，需要休息。"

我凝望着小眉，突然俯伏在床沿无声地哭了起来……许久，我感到与小眉在一个房间，她跪在我的脚下，抱着我的大腿，泪流满面地苦苦哀求。

"冬生，求求你，别离开我，只要你别离开我，我怎么样都行，冬生……"

我举起手，狠狠地落在她的脸上，又凶残地一脚将她蹬在一边。

"别碰我，淫妇，下贱的女人！"

她披头散发地艰难地匍匐着。

忽然，我听见背后传来一声惨厉的悲啼。

"让我去死……让我去死……"

我慌忙转过头，却发现空无一物……原来是做了一个梦，自己依然还在宁静的病房中。乳白色的灯光下，小眉的嘴唇不停地蠕动着。

"……让我死吧……冬生……你在哪里……"我情不自禁地握住她冰凉的手，把它放在脸上，低声地说道，"小眉，我就是冬生，冬生就在你身边……"

小眉的手在我的手中似乎动了动，终于悠悠地睁开双眼，惊惧地望着。

"你是谁？"小眉的声音很微弱，像是蚊吟。

"小眉，我是冬生啊！"

"不！你骗我，我的冬生不会回来了，你在骗我……"小眉怆然闭上双眼，睫毛上挂着泪珠。

"小眉，你再好好看看，我真的是冬生啊！"我真诚地跪在床前，贴着她的耳朵说。

"真是你吗？冬生……"小眉的神色一下子激动起来，灰蒙的眼仿佛有一道光芒闪过，"我们都还好吗？我怎么会在这个地方？这个地方我好害怕，冬生，带我回家去好吗？"

"小眉，你现在还不能行动，等你好了，我就马上带你回家，好吗？"

"冬生，你走吧，你还是走吧，"转眼间，小眉的声色不知为何又变得惨然起来，"我不配同你在一起，你走吧……"

"小眉，我不走，永远也不走了，一辈子也不要离开你，即便是死，也要死在一块。"我抑制不住内心汹涌的激情，拼命摇着脑袋，以证实自己的话，"小眉，别赶我走……别……"

我语音哽噎，浑身哆嗦，仿佛自己从来就没有这般热烈地爱过她。

我很激动，比第一次收到她的信与第一次亲吻她的嘴唇还要激动。这种激情下所表露出来的神色，是一览无遗地，无论是谁都能很轻易地发觉，但这种激情也不是谁都能体会到的。这种激情近乎天真，又近乎疯狂。

"真的吗？你说过，这话你已经给我讲了很多次，可每次你还是走得那么匆忙、那么坚决、那么令我痛心疾首。"小眉费力地凝视着我，眼光有一丝温柔，一丝祈盼。她微喘了一会儿，又说，"可我要的正是你的这句话，不管怎样，我也会永远相信你的。"

面对小眉那柔和亲切的目光，我恨不得脚下能立刻裂开一道缝隙，让我钻进去。原来我一直以自己不耻淫乱为荣耀，结果我发现自己比犯了淫乱更可恶，简直就像一只臭虫。

"小眉，别说了，都是我害了你……"我只能这么说，甚至不敢抬头注视着小眉。

"我不会怪你的，只要你回来就好了。"小眉突然又变得黯然神伤地说，"不过，我就要死了，现在……我讨厌死。"

听了小眉的话，我想再铁石心肠的人也会软化下来，再凶恶狠毒的人也会善良起来。而我被感动得热泪盈眶，所以我只想偷偷地用衣袖拭擦泪水，虽然我极想放声痛哭一场。

"……你会好起来的……"我低声地抽泣着，断断续续地说，"小眉，上帝会保佑你的……你是好人……"

"那就好了，冬生，其实我是多么害怕死亡，可是每当看到你那张痛苦不堪的脸，我就想死……答应我，以后不要这样了，好吗？"

"……我答应你，可……可你为什么非要这样呢？是我负了你，对你来讲，我应该是十恶不赦的罪人……"

我的心被自责自愧的魔手扯裂着，撕碎一般地疼痛，痛得我不住倒吸着凉气。

"这罪人的称呼不应该是你的，我知道。"

小眉的声音越来越细弱了，我知道她很疲乏也很衰弱。于是，阻止了她的话。

等到小眉睡过去后，我才发觉自己的双腿僵硬得如两截木头，经过很大的努力才站起来。接着，我为小眉披了披被子，把沉重灌了铅般的双腿移挪到窗边。窗外月光如洗，一派清丽典雅的景象，我稍稍打开窗户一角，一股寒风将我打了个激灵，慌忙将它关上。这时，我的心情逐渐平静了许多。

我又回到了小眉的身边，席地而坐，趴在床沿又睡着了。再等我醒过来，发现小眉在注视着我，脸上露出甜蜜的笑意。

"小眉，你再睡会吧，你太需要休息了。"

"不，冬生，让我好好地看着你，你瘦了，黑了，我很难过。"她凝睇着我，寻找什么似的，目光柔柔的轻轻的。我仿佛罩在一片祥和轻盈的白云之中，感受着在无比幸福的那种惬意的快感。忽然，她又说，"怎么，你脸上有伤痕，告诉我，是不是碰上坏人了？"

我摸了摸有些肿胀的脸，不以为然地说："不是的，由于来时太急，不小心摔的，不过没关系，只是擦伤了一点皮而已。"

"你做事总是这么急躁，何必这么急呢，只要你能来，就够了。"小眉有些埋怨地说，"倘若你出了什么事，叫我怎么办呢？冬生，还疼吗？"

"现在已经一点也没有感觉了。"

"等会还是找医生看看吧，冬生，这些天我做了许多梦，梦见你跟另外一个女人走了，我在后面一遍一遍呼唤着你，可总追不上，急得我直想死。"小眉用舌头舔皲裂的嘴唇，说，"冬生，今天我真高兴，因为我感到你依然爱我，也感到自己才真正被爱。"

正当我准备给小眉拿开水的时候，那个好心的护士推门进来。

"你醒啦，精神还这么好？"护士不敢置信地望着小眉。

"昨晚我来了几次，可我没有发现你醒来。"

"护士，我会死吗？现在我不想死了，救救我，不要让我死去，否则，冬生会很孤独的，你能答应我吗？"小眉急切地望着护士。

"小眉，放心吧，你不是已经好了吗？何况你伤得并不严重，只是有两处骨折，加上失血过多；现在好了，过不了几天，你就可以恢复了。"

"可你昨晚告诉我说……"我把护士拉到一旁疑虑地问道。

"我不过想让你紧张紧张，也好让你们这些男人知道该如何去爱护女孩子。"护士有些歉意地说。

"可她一开始一直昏迷？"

"那是我们给她打了镇静剂，放心吧，情况会很好的。"护士说完，安慰似的拍拍我的肩。

"护士，太谢谢你了，不过，我的爸妈呢？这一夜我怎么没见到他们？"小眉对护士说。

"其实他们昨晚一直就在房门口的椅子上望着，只是见冬生在这里就没有进来，不过，这会儿我倒没有见到他们，也不知道到什么地方去了。"

"冬生，等我好了，你带我去爬山，去打球……"小眉兴奋地对我说。

"小眉你别讲得太多了，"护士关切地对小眉说，"你还需要好好地休息，冬生，你出去休息一下，我该给她换药了。"

说完，她走到窗边，拉开厚厚的窗帘布，外面已是阳光灿烂了。

"谢谢你的关照，护士，我会永远记住你的。"我真挚地对护士讲。

"不要走得太远了，等会你来陪我。"小眉依依不舍地望着我说。

我回头深深地望了她一眼。

"我就在门外等你。"

刚走到门口，小眉的父母急匆匆地走来。见我，一怔，但很快就一声不响地与我擦肩而过。我脸上堆着的笑意，久久地散不开去。

# 二十

　　小眉好得出奇地快。没过几天，她就能如常人一样地睡眠、一样说话、一样吃喝、一样思考问题了，她的脸色也渐渐地有了健康的红润；眼睛也变得有神起来。总之，一切都如期盼中的那样恢复过来。可遗憾的是，她尚且还不能单独下床活动，像这样的病人是还很需要人照料的。

　　我日夜守护着她，悉心去照顾她，喂她吃饭、陪她谈话、扶她下床活动。有次，我由于疲劳过度，趴在椅子靠背就迷迷糊糊地睡了过去；恰巧小眉急着要小便，连喊我数声都不见回答，在无奈中，她只好自己努力……等我被惊醒后，她已从床上给结结实实地滚倒在地上。为此我感到抱歉万分。为了防止此类尴尬的事再度发生，我灵机一动，想了个绝妙的方法。我拿来一根绳子，一头拴着她的手腕，一头拴住自己。只要她一有事，就会拉动这根触动我俩神经的绳子。

　　"小眉的情况好得如此神速，完全是你在其中起的作用，我向你表示感谢。"有位医生在给小眉做了检查后，这么对我讲。

　　医生一句赞美的话，却直令我惭愧得无地自容，脸仿佛高烧般潮红起来。

　　爱，神秘的爱。对爱的理解因人而异，可谓是千奇百怪褒贬不一，而不管你对爱作何种理解，谁也不可能忽视它给人生带来巨大的影响。它既是一把杀人不见血的刀，又是一贴包治百病的灵丹妙药；这就是我对爱情的总的理解。当然，这仅仅是我个人的见解。

　　小眉恢复得之所以这么迅速，依赖的就是这种爱情神奇的不可抗拒的力量。

　　医生走后，我羞红的脸还没有褪色；小眉握住我的手，清澈温和得如雨后初霁的阳光般的目光柔柔地包围着我。

　　"难道你是在发烧吗？"

　　我很不自然地接住她的目光。

　　"没有，只是有点困而已。"

　　我讲的一半是真话。

　　"那你就安心地睡一会吧。这些天，你真是太苦太累了，我真不知该如何报答你。"

　　说完，她的眼眶里已涌动着晶莹的泪花。

　　我拿起她的手，把它放在自己的唇边。

　　"我们之间的事，能用报答两个字吗？小眉，请别用这种词汇，我会很不自在的。"

　　"冬生，你现在不困了吗？那我们还是说说话。"

　　之后，我们谈了很多。交谈中，小眉的眼中始终流露着无比的幸福与对未来无限的憧憬。

　　"冬生，你的心肠真好。"

　　"小眉，别这样说，我很自私，很凶残，很不通人情，对吗？否则，你会有这种苦楚的遭遇吗？"我内疚地说，"小眉，你真不该遇上我。"

　　"不，没有你我会失去活着的意义的。"

　　我捧起她那刚从纱带中解放出来的面庞，温存而细腻地亲吻着她那耳根后的伤痕。当我吻到那自己发誓不再去接触的嘴唇时，她浑身颤抖起来。我知道，她激动得连泪都流了出来，我继续吻她的眼……

　　"小眉……"

　　小眉喘不过气，便把头别向一边。

"冬生，这些苦楚是我自己一手造成的，你根本就不应自责；何况，我们现在不是好好的吗？"

"小眉，等你身体完全恢复后，只要你喜欢，就让我们的爱重新开始……"我有些哽噎地对她说，"我发誓要使你得到幸福，更加美丽动人。"

小眉把脸向我贴过来。

她的脸很烫，我仿佛感受到此时此刻她体内的热血正沸腾。

"我只要你不再折磨自己不再苦自己，不再离开我，就足够了。"小眉抽泣似的呢喃，"冬生，我什么都不在乎，只要看到你幸福的笑脸，你欢畅的笑声，无忧的神情，就够了……"

我不得不再次激动起来。

"小眉，我不会再离开你，永远也不会的。你能用死来证实自己真挚无瑕的爱，我却……比起你，我显得是多么渺小多么卑鄙啊！小眉，我发誓要偿还你的幸福与快乐，即便让我给你做一辈子的牛马……"

我把脸伏在小眉的胸口，就像孩童一样地依偎着。

"不，我欠你的债太多了，来世让我变作牛马来偿还你……冬生，我的爱就像海中迷失航向的帆船，现在……冬生，你看！我是多么的快乐与富有啊！我相信自己的眼睛。……"

"小眉，求求你，别再这样说。我本已愧疚不已，你这么一说，我就更加无地自容了……因为我正在寻找有合适的机会向你乞求谅解……"

小眉用纤细的手指轻轻地抚摩着我的额头，我的眼睛、我的鼻子，最后，当她的手指滑到我的嘴唇时，我张开嘴，有力地吮吸着。

我完全陷入了忘我的境界。

"冬生，我们很幸福，是吗？但我害怕……害怕自己无权享受它……冬生，我不配有这种幸福，你最终会后悔的……冬生，你在听我说话吗？你怎么哭了……是我讲错话了吗？"

我将脸埋在她的手心里，竭力地忍住如喷泉般欲向外喷涌的热泪。

"……小眉，你难道对我果真没有一丝丝的恨意吗？"

"冬生，怎么会呢？这几天中，你用事实来证明自己的爱情，我为什么要有恨呢？你原谅我的罪过，并将爱无私地施舍给我，我还为什么要有恨呢？冬生，我很想谢谢你，……"

我知道这样一味地与小眉争责任，是没有用的。于是，我违心地对她说："小眉，倘若定要固执地要求本来就不需要我原谅的原谅，那么，我什么都原谅你……"

"真的？"

我点点头，只是点了点头。深深的内疚已使舌头僵麻了。

"冬生，你真的要与我重新开始吗？"

我又只是点了点头。

"冬生，搂住我……紧点，我现在感到眼前是一片平坦大道，不再是深不可测的深渊了。"小眉伏在我的肩膀上，说，"一切都变了，变得这么和谐与温暖，我真愿意就这样静静地死去……"

"我也是，小眉。"

"冬生，我的好人儿，我从来没有这么感到陶醉过。有人说初恋是最甜蜜的；但我觉得初恋的甜蜜只是从感性的幼稚之中表现出来，现在是理性的醇熟的表现，这好比一坛千年陈酿，自然比初恋显得更香甜。冬生，我浑身被这种醇熟的爱浸透着、感染着、覆盖着……"

我吮吸着她的脸颊，突然激动得不能把持自己，像是咬了一口。

小眉呻吟着。

我抬起头，看到她的脸颊上有两排新鲜的、深深的、清晰的齿印。

"对不起，小眉，我太激动了……疼吗？"

"我只是有一种昏厥般的感觉，除此之外，就没有其他的感觉了。冬生，假如我能变成一只苹果，然后你把它咽到肚子里，这就好了。"

"小眉，倘若我们能拥有一个没有噪声、没有人迹，只有白云与大海的两人世界该多好啊！唉……"我轻叹了一声。

"冬生，我们都有美好的愿望，尽管很美好，但我们不得不回到现实中来。爱不仅只在爱着的双方本身。"

"我简直想抛开一切，让一切现实避瘟神般地离我们而去。即使让我生活在一个自欺欺人的虚幻之中，我也会心甘情愿的。"

"这是多么幼稚，甚至于荒唐的逻辑啊！假如真的如你能想的那样，那我们的爱情就超过了罪恶。我们只要彼此心中让对方占据，那么我们的爱情会因接受太阳的温暖、甘露的滋润、大自然的精华，而开花结果的。"

"小眉，你是天才，又是魔鬼。"

"我并非什么天才，我感到真正的爱情应该是这样的……"

这时，有护士推门进来。

我们仿佛从很遥远的地方，被唤了回来，彼此都潮红着脸，彼此都不敢看护士一眼。

"我出去一下。"我对小眉说。

"去吧。"

走出医院，步入街道。街上竟有这么多行色匆匆但慈祥可亲的人；街道两旁有那么多五光十色目不暇接的商品；天空中有那么多祥和飘逸的云彩，还有轻凉爽心的微风与温暖美好的阳光。

我做了个深呼吸，仿佛自己已置身一个香气四溢的大花园。

# 二十一

　　小眉的身体终于痊愈了，感谢上苍并没有给她留下任何的后遗症，哪怕是一块明显的疤痕。她之所以要轻生原因并不只是被爱遗弃那么简单，当然被爱遗弃的这个原因是最重要的。其他的，我并不想去深究。但我后来听说，前段时间，卢恒达的老婆经常用非正常的手段在骚扰小眉。

　　这件事虽然对我的震惊很大很大，但等小眉可以上班后，我的内心又发生了微妙的变化；老毛病如遍布每个细胞的地雷，随时随地都可能爆炸。

　　我离不开小眉，但又还不可能完全放得下她的过去，更不能给她带去心里的慰藉；而是常常会按捺不住地寻机发泄。那种感觉一上来时，恨不得甩手就走，但过后又怕罅隙增大，会产生一丝内疚的悔意。小眉却依然那么温顺与小心翼翼，甚至心甘情愿地接受我那不堪入耳的污言秽语；她也并不想用任何方式来要挟我、恫吓我。我知道她是非常愿意用自己的痛苦与高深莫测的爱来感化我，但我的理智与良知终于还是被凶残的心魔斗得一塌糊涂，反而不假思索地用最难听的言语去揭她的短处、挖她的心病；有时甚至还像从前那样感到小眉那企盼的苦楚的强行装出来的微笑，是一种推销员特有的殷殷有礼的皮笑肉不笑，是街头巷尾妓女频频传情的诱人的荡笑；她的爱也含满了不得已的无可奈何的成分。因此，那成了习惯的虐待，只要一有茬口，就会肆无忌惮地在她的身上留下烙印。

有一个晚上，就在"战争"的火药味弥漫着整个房间的时候，新婚不久的王伟国夫妇推门进来。

他俩并没有发觉我与小眉之间即将会发生什么事，他俩是很有礼貌地敲门之后才走进来的；两此时，我早已换了另一张脸孔。

"冬生，到我房间去耍几副扑克吧。"王伟国很热情地邀请我。

他的妻子微笑着望着小眉，好像在征求小眉的意见。

我并不想让别人知道我与小眉之间存在的芥蒂，我只想看到人们羡慕的目光与赞美的声音。所以，我就根本没有去考虑小眉的意思，爽快地答应了。

王伟国夫妇都是牌迷，牌技已出神入化，在他俩面前，我与小眉只有输的份。况且，我的心事还被刚才的事左右着，这只能讲是种应付，一种不愿被人看穿心情的应付。很自然地我与小眉输得很惨。虽然我们赌注小得十分可怜，可怜到只能讲是种娱乐，但看到王伟国夫妇那种眉来眼去的兴奋劲，我借题发挥地把责任一股脑儿地推给了小眉：一会儿骂她出错了牌，一会儿用血红的双眼盯着她。最后，我竟将满手的纸牌甩在了小眉的脸上。

小眉莫大冤屈地捂着脸，很伤心地冲出他们的房间……

"冬生，你怎么能这样呢。"

"我们不过是为了消磨时间，你又何必出真呢？你还不快去向她赔礼。"

王伟国夫妇你一言我一句在轮番指责我。

我装出若无其事的样子对他俩说："没事的，她就是这个脾气，一会儿就会好的。"

心中兜着心事，又与他俩应承了一会儿，我回到自己的房间，房内空无一人，我慌忙沿着田野四处寻找，终于在河边的草丛中发现了她。她如一只受了伤的小猫，躲在草丛中伤心地抽泣着。

我余气未消，一手扭着她的手，一手轻蔑地托着她那瘦小的下巴。

"想走？嘿！你只有跟男人睡觉的本事，可你没有本事去离开一个会给你生理上满足的男人。下贱的女人！"

"放开我，你是疯子！"

她挣扎着。月光下，我看见她的脸，那是张变了形的苍白的脸，就像风雨中糊在窗户上的一张纸；她的目光是松散的，就像一盘聚集不起来的散沙。

她继续在无效地挣扎着。

这时，我被一阵巨大的疼痛给震住了，接着，就有一股热乎乎的液体在手臂上流淌。我不敢相信这就是百依百顺体弱娇小的她，她一贯总是那么吞声忍气逆来顺受。这是小眉第一次对我的暴行进行反抗，也是最后一次。

当然，我只是被她咬了一口而已，虽然疼痛使我的灵魂得到瞬间净化，而她却像一只美味的绵羊被屠户抓着羊角，被凶狠地一步步拖上案板……她的反抗是徒然的，我甚至比屠户拖一只绵羊更轻松。

我一脚将门用脚后跟磕上，将她往床上一掼，又找了块布条胡乱地把滴血的胳膊缠了几圈。

小眉惊愕地倒在床上，仿佛自己是做了一件大逆不道、天打雷劈的事般，惊恐万丈地望着我。

我转身怒视着小眉。

"把衣服脱下！"

小眉仿佛面对着狰狞魔鬼似的望着我，双手紧紧抓住胸前的衣服，哆嗦着向床的一角挪移。

"不……"

"把衣服脱下，快！"我用连自己都感到难听的变了调的声音命令道。

"你……你要干什么？你要干什么？"小眉在角落处，双手拥着双膝，缩作一团。

"干什么？嘿！"我圆睁双眼，摆开老鹰抓小鸡的姿势，凶神恶煞般吼道，"淫妇！下贱东西！我今晚就让你舒服个够。快脱！"

小眉用一种比受到死亡的威吓更为恐怖的眼神哀求般地望着我。

"饶了我吧，冬生，你会饶我的，是吗？"

"还用得着向我求饶吗？若在你面前的不是我，而是那与你狼狈为奸的情夫，你会这样袒护自己的身体？"我用不容商量的口吻讥讽道。

小眉依旧死死地抓住自己的衣领，在床里壁的墙角畏缩着；那时，我完全像一个醉酒中莽汉，理智对我来讲是多么可望而不可即。一部砖头般厚的字典从我的手里飞出，字典在空中划过一道弧线后，便重重地落在小眉那被泪水覆盖起来的脸颊上……继而，一粒粒米粒大小的血珠在那苍白的脸颊上渗溢出来。可我心里的罪恶之火并没有被血浇灭——

"快脱！"

小眉的躯体终于一点点地往外挪动，她低着头，颤抖着手，缓缓地解开一颗颗纽扣，泪水扑簌簌地落在颤抖着的手上。

她将上身脱个精光，然后静静地躺在床上；她双目紧锁，咬紧牙齿，使她的双腮鼓得很高。

那雪白娇嫩的胴体与那令人眩目的性感的胸脯，并没有激发我男性的冲动。因为，每次当她那诱人的胴体不设堤防地赤裸裸地展现在我面前时，我都会感到冥冥中有一种更能主宰自己欲望的力量，它如一只魔手般地将我的良心与同情心掏得一干二净，只留下一具嫌恶的仇恨的受辱的躯壳。

而今晚，这种力量就发挥得更加淋漓尽致，更加天良丧尽。

"她不也正是这样等待那个畜生的吗？"正是这个龌龊的理念

控制着我。

"裤子！"

小眉只是嘴唇动了动，身体仍然像被众多的双手强按在屠案上，一动不动。

我想，此时小眉的内心一定在两种矛盾的心理中激战着；一种是反抗，一种是顺从，可她选择的是后者。因为她总觉得我俩之间的痛苦来源是她自己，她所受的苦难是罪有应得。

天哪！小眉究竟犯下什么滔天大罪啊！竟要经受这般非人的虐待。每每想到这个触目惊心的夜晚，我的双眼就好像充满鲜血一样。我想避开对它的回忆，可我能不正视自己所犯下的罪恶吗？像我这样的人，只配五雷轰顶，只配五马分尸。

我不是人！可我又是什么呢？

冬生讲到这里，突然停了下来。在一片寂静之中，我听见他的喉咙里有一样东西在翻腾，在咕噜噜地作响。他难受得用双手撕抓着自己的胸膛，继而又猛烈地咳嗽着。

他的这种神色感染了我，我不得不一手扶住他，一手为他拍着背。等他稍有些平静下来后，我却惊奇地发现他那死气沉沉的眼睛里，根本看不到一滴眼泪。他颓丧地绝望透顶地低下头，下巴不停地哆嗦着。

"冬生，别太伤心了，事情都已过去了。"我低下身低声地安慰他。

"哇！"谁知他蜷缩的身体一下子挺起来，伸长着脖子，一股热血如箭般射在地上。

"血？！冬生，你怎么啦？"我被吓得双腿直发软，心中也是毛毛的。

可冬生并没有理会我的慌张，竭力地压抑着自己，用一种变得异样含糊不清的声调对我说："不要紧的，对于血我已习以为常了；我不会死的，老天要惩罚我，不会那么容易叫我死的；但我也知道这个病不是一时半刻会好的。"

冬生朝我凄凉地一笑，用手巾擦了擦嘴角的血沫，接着说："自从我与小眉之间的爱走向绝路后，只要一想起这一幕，我心中的血就会沸腾起来。"

"你还是去住院治疗吧，如果你是出于经济问题的话，我十分乐意帮助你。"我所讲的话是发自肺腑的。

"谢谢你，建民，可这是没有用的。医生讲这是由于过分悲伤引起的，只要心情舒畅了，就可以不治而愈的。但你讲，我的心情能好起来吗？我就是这样对待小眉的，我永远忘不了这一切，也永远无法原谅自己所犯的恶行。我真不知道，我究竟好在哪里，值得她为我付出那么许多，建民，你知道这是为什么吗？"

冬生冷不丁地向我提出这个问题，我根本不知道怎样回答他；为了摆脱尴尬，我对他说："那后来呢？"

就在当晚，小眉仍然用手臂枕着疲惫不堪的我，仍然用血迹未干的脸颊依偎着我，仍然用那母爱的声音给我催眠——

第二天，小眉的母亲有事进城。

一到我俩住所，首先看到的是小眉一拐一瘸的双腿与刚结痂的脸颊，当她妈痛心地问起为什么会这样时，小眉还能强颜欢笑，并举起我还缠着纱布的手臂。

"妈，都怪我，不小心摔的。"她将母亲扶到床沿坐下，又反过来安慰母亲，"妈，没事的，不过是擦破了点皮。"

她的这微笑，比凄凉的哭泣更令人伤感。就这样，一件足使我千刀万剐的罪恶被她那么轻描淡写地化解了。

面对着她与她的母亲，我的心剧烈地痛起来。我知道，暴力会在任何时候——今天、明天或后天成为脱缰的野马；正如我昨晚所表现的那样，我的双手、我的良心、我的思想已不属于自己，而属于一种野蛮凶残的野兽般的力量。它可以操纵自己的一切，而且以后还会维持下去。

筋疲力尽，垂头丧气，惶惶不安，声嘶力竭；这还不是我当时的全部心境。

当小眉那深情的不带一丝怨愤的目光与她母亲那关切的不带一丝怀疑的目光紧紧地包围着我没有生气的躯体，我仿佛被关进密不透风的没有一丝氧气的匣子里，窒息般难受。我似乎重新看见那张扭曲的苍白的脸，心中的疼痛更加剧烈了，豆大的虚汗从毛孔里淌出来。

我真正发现，自己在向小眉施加暴力的时候，暴力也同时将自己无情地肆虐；暴力就好比一只充足了气的皮球，你把它越是使劲地往墙上掷，反弹到你身上的力量也越大。

之后，我又试着与自己的心魔作一次殊死的较量，决定把自己还原成一个有良知有思想有爱心的人。她一下班，我们就骑上自行车到野外去游逛，而休息日，则带着她到甚至是不知地名的乡下去散心；总是绞尽脑汁地去排遣心头的郁结，去打发沉闷的时光。小眉的脸渐渐地又恢复了娇媚的红润，身体又结实起来，心情也舒畅起来。

尽管日月星辰静悄悄地沿着它们各自的运行轨道在奔波，我却不知白天，也不管黑夜。整个世界在我的周围消失了，天空也变得又高又明朗。我努力保持着如天空一般一尘不污的心境去与小眉恋爱，所以我们过得很快活很适意，就仿佛是上帝故意赐给我，让我保留一些更痛苦的回忆似的。今后，不管我的命运如何，我永远都不能说自己没有领略过欢乐的滋味。

这段时间里，小眉单独到了我家一趟，原因是家里带信出来讲木匠师傅要来给我家修缮厨房。她是买了一些什物回去的。

回来时，她给我带来部队催我归队的电报与父亲语气严厉的亲笔信，我并没有将这些当作一回事。

可生活并没有给我安宁，厄运继续把它力量无穷的手伸给我。

就在那天下午，小眉还没到下班，突然神色异样地撞门而进。

"……冬生，家里……出事了……"她一进门，就气喘吁吁地冲我直嚷。

"什么事？"

"……你……你一定要挺住……"

"快讲，家中究竟出了什么事？"我一颗心被小眉的慌乱吊到了嗓子。

"……你哥哥他……他……"话到唇边，她又咽了下去。

小眉这时的神情，我是从来都不曾看见过的。

"我哥哥他出了什么事？你快说呀！"我焦灼地跺着双脚。

"他服毒自杀了……"两行热泪在小眉的眼睛里破眶而出。

"你开玩笑？？"

"不，这是真的，是家里打来的电话。"同样悲伤的小眉扶住我落叶般飘飘欲坠的身子，"冬生，你怎么啦？你一定要挺住……"

她在讲些什么，我已经是听不清楚了。因为我的脑袋在迅速地发胀，双耳轰鸣。

不一会儿，春辉也来了，他泪流满面，问我怎么办？我又能怎么办呢？我又何尝不想立马回家去看个究竟，要知道县城离家将近百里之遥，但当日的末班车早已开走了。

一夜里，我、小眉还有春辉相对无语，心中都在默默祈祷着。表面上看似乎在静等着，外弛而内张。

次日一早，我跑去向王伟国借了点钱，心如火焚地乘上早班车。

刚下车，就有人告诉我哥哥已于昨晚死了；我记不清是谁告诉我的这个噩耗，我悲痛欲绝地拉着小眉往家里奔去。

家中，除了一片哀哭声之外，没有任何声音，就连我与小眉进去，也没有人与我俩搭讪一句。

　　叔叔、大姨、小姨、姑妈、大哥、大嫂……所有族里的人与亲戚都在，都只是用泪眼涟涟的目光向我默默地望了望。

　　我哥哥就死在这个房间，就僵直在这张床上。当时，在我眼里感到这一切都是假的，这不过是某个摄制组在我家拍摄的一出悲剧而已。我想扑过去，小眉搂住我，大声地啜泣。

　　哥哥是服了剧毒农药而身亡的，这从他那狰狞的面目与满房子的农药味中不难感受到。

　　我与小眉在隔壁的小姨家见到了哭天呼地的妈妈，爸爸虽一声不响地坐在一边，却是老泪纵横；很多人在规劝，但我妈妈仍然捶胸顿足哀号不已。我在这个房间里，闻到了悲哀的气味，这种气味是从心底涌上来的，酸溜溜的。

　　小眉走过去扶住妈妈，并陪着妈妈大声地哭了起来。过了五天，哥哥落了土，我与小眉没有去送。因为家里请来的阴阳先生讲我与小眉的生肖与哥哥的生肖有冲犯，鬼才知道。

　　在这几天里，小眉一直陪着妈妈，一直强装笑颜好言相劝，而自己一转身却暗自抹泪。尤其是哥哥进棺那天，她嚎哭着冲上去，硬要再看一眼已经面目全非的发烂的尸体。

　　她对我家任何一个人的感情都是真挚的。

　　临走时，她还硬将两百元钱塞给我爸爸。

　　后来，我才知道，哥哥是为情而死的。

　　问世间情为何物，直叫人生死相许。

　　哥哥的死，给我家带来了极大的不幸，而我却在这悲伤中感到这种不幸还在蔓延。

# 二十二

就在小眉回城上班的第二天早上，我的姐夫姐姐也闻讯赶了回来。我们已有几个年头未谋面了，见面时本该亲亲热热、热泪盈眶、欢天喜地的，但一切都被罩上了阴影。大家的泪是冰冷的，脸部的表情是机械的僵硬的。

中午。我接到小眉打来的一个电话。

"冬生，能马上进城来吗？"她的话是小心翼翼的，这声音很沉闷也很压抑。

"有什么事吗？"

"是……"她变得有些吞吞吐吐。

"有事就说嘛。"我催促道。

"……是我们在柳镇的事……公安局昨天……"

一提到柳镇，我一下子感到天空浑浊起来，胸中沉隔已久的被悲伤压抑的怒火又烧了起来。

我心中很清楚，事情肯定很糟。

赶到县城，我遇见吴菲，她风风火火地拦住我。

"冬生，你们究竟干了什么？昨天局里大车进小车出的，全是警车，人们都在暗地里揣测，讲是小眉出事了。我还不愿相信，可谁知今天一上班，小眉果然被公安局传了去；我真希望你们能平安无事。冬生，你就不能替她想想吗？她要在城里找一个有钱的男朋友是很容易的；唉，你们不能过下去，还是早点结束吧。否则你就应该用你的同情心去安抚她所受的创伤……"

我顾不上解释，只是很感激地向她说了声谢谢，便向她匆匆告辞。

赶到公安局，小眉已经不在了。公安局里我连一张熟悉的脸孔都找不到，完全可以若无其事地离去，但我转念一想，既然来了，何不就此探听一下风声呢？

我敲开了刑侦队办公室的门。

队长是一位很有性格的中年男人，他那方正的棱角分明的脸上有些黑刷刷的络腮胡，目光锐利，令人望而生畏。他见有人进去，习惯性地马上合上正在翻阅的案宗，很有礼貌地站了起来。

"同志，你找谁？"他的声音铿锵有力。

"我是王冬生。"我开门见山地自我介绍道。

"你就是王冬生？！"

刑侦队长条件反射似的扫了我一眼，并向他正对面的一张椅子指指。

我在椅子上坐定，向他点了点头。

"你把事情搞糟了，连我们也感到很棘手，当时，你为什么不多想想？为什么……"队长一边讲，一边用手指不住地击打着桌面。"你知道吗，你的行为已构成了敲诈勒索罪。"

队长用手指击打桌面所发出"咚咚咚"的声音，仿佛每一下敲在我的脑门上。

队长是好人，在他的话中就能听出来。

"敲诈？我在这之前还不知道什么是敲诈；队长，恐怕你只听了一面之词吧。"

"情况我们也正在调查之中，可你拿了人家的三千元钱是真的。"

"那是他们自己首先提出来的，开始我并没有这个意思，甚至连想没有想过，我只想给那畜生一点教训而已。"

"问题是你不应该拿他的钱；况且，他又挪动了公款，税务局领导对此事追查得很紧。"

"队长，他对小眉所犯下的罪恶，是不可饶恕的，他也感到自己罪孽深重；否则，他一见到我们就不必跪地告饶。"

"当然，他是个败类，是个衣冠禽兽，他的行为也的确令人发指，可……他虽然引诱了小眉，也只能算是通奸。"

"队长，什么是强奸罪？"

"强奸是指用暴力进行性交，而对方必须是在案发后二十四小时内报案。"

"那么，倘若对方是碍于面子呢？"

"在法律上没有什么面子可言，谁都应该用法律作武器来保护自己。王冬生，在他与杨小眉之间，开始肯定是有逼不得已的成分，可后来呢？他俩的暧昧关系为何会长达半年之久呢？"

"队长……"

"别讲了，冬生，你先写个交代材料。你的事毕竟是事出有因。我们也不想深究，但前提是你必须把钱如数退回。不然的话，我们也爱莫能助了。"

我按着队长的意思，写了一份长达万字的材料，之后，才头重脚轻地与队长告别。

走向街道，我尽往偏僻的小巷走。因为，我害怕遇见任何一个熟人。

来到住处，小眉正在楼下淘米，她见我进去，满怀希望地站了起来。

小眉的眼有些红肿，看来她刚哭过。

我迟疑了一下，径直朝楼梯走去。

一进房间，我仿佛一下子全身的骨头都被抽空，瘫软在床上。

许久，我似乎恢复了些力量，见小眉还没进来，于是，我又走了出去。

小眉痴呆呆地莫名其妙地僵立在原来的位置上！盆子里的米已

被水冲得所剩无几。我瞥了她一眼，折身回到房间。

又过了好一会儿，小眉才低垂着头，毫无表情地进来。

"冬生，你来啦。"

"哼！明知故问！"我想。

小眉走近我，为我掸了掸衣服上的尘土。

"怎么办？"她问。

"你看着办吧。"

"可……你一定帮我啊！"小眉哭出声来，"我们还是把钱给退了吧。"

"笑话！我们？应该是你，要受谴责与报应的应该是你一个人！"

"我总得有个办法啊，冬生。"小眉紧挨着我，把脸伏在我的肩上，"帮帮我吧，冬生。"

"你也用得着要我帮忙？"我粗野地推开她，讥讽道，"你还是向你那位'才貌双全'的奸夫去想办法吧。"

"别提他……冬生，我求求你别提他……"

"你有好事去找他，有了难处却找上我，这未免太不公平了吧！"

"冬生，我已向你认错了，也心甘情愿地接受你的冷嘲热讽，可你为什么还要对我的过去如此耿耿于怀呢？这对我公平吗？冬生，你其实并不知道我内心的苦痛，并不知道我的感情……"

"是的，我是不了解你的感情，我也理解不了你的感情，因为，你的感情有人会理解的。我算什么，二道贩子？！捡破烂的？！"

"冬生，你……你太过分了，可你一定要帮助我，这是我真挚的请求。"

"现在你想到了？那又何必当初呢？你是扫帚星，是灾星。这是报应，是报应！"

其实，我不是不想妥善地解决好这个问题，也不是不想把钱退回，刑侦队长的话我不能不相信。问题在于：一则，我感到就这么轻易地将钱奉还，实在是太窝囊了，太有悖于自己的性格了；二则，我们已根本没有偿还这笔钱的能力，两个月来，我们仅小眉微薄的收入来维持生计已感捉襟见肘了。

我就带着这种矛盾的心情，带着几天来的疲惫与悲伤，滴水未进就睡着了。

睡着后，我便开始做一些断断续续的梦。首先我梦见刑侦队长那张令人生畏的脸；后来又梦见父亲在铁青着脸痛骂着我，母亲则在大声痛哭，周围的人在不怀好意地交头接耳；最后梦见的是两条白花花的身子，蛇般地缠在一起⋯⋯

惊醒后，已是凌晨三点钟了。

摸索着按亮台灯，只见小眉趴在写字台上睡着了，那样子虽然憔悴欲死，但依然那么娇媚迷人。

这时，梦中那不堪入目的情景在我眼前示威似的闪动着。我咬牙切齿地想："我真她妈的是大傻瓜、大笨蛋，为什么要莫名其妙地与这个生性风流的下贱女人生活在一起，要让自己经受这么多的耻辱与苦难⋯⋯该死，这狐狸精般漂亮的脸。"

我点起一支烟，从床上一跃而起，在房间里来回地走动着，仿佛一只牢笼里的困兽。

沉重的脚步声将小眉惊醒。

"冬生，怎么办？"她一醒转后，就用嘶哑失声的嗓音这么问我。

"小眉，你过来。"我像是羊群中一匹凶狠狡猾的狼，口气和悦地招呼她。

失去戒备，欣喜若狂的小眉，满怀希望毫不犹豫地走过来。

我捧起她苍白的脸，仔细地端详着。小眉幸福地闭起双眸，嘴唇微颤。我没有去吻她，而是将她抱起来，摁倒在床上。

当铁钳般的双手紧紧扳动着她的双肩，想把她扳成俯卧的姿势时，小眉才预感到什么似的惊叫起来。

"冬生，你要干什么？"她挣扎着，"你的脸色为什么这么难看？你要干什么？"

我一声不吭。

小眉终于俯卧在床上，但这不是我暴力的结果，而是小眉自己顺着我的意思弄成的姿势。她侧着头，脸色由苍白变成灰色，整个身体由于紧张急促的呼吸而起伏不已。

············

# 二十三

我的心就仿佛是夏天午后的云，反复不定，变化无常。在这种怪异的心情下，人生的欢乐与痛苦、喜悦与忧郁之光不停地更换闪现，唉！

任何一个女人在自己爱着的男人对自己实施如此下流凶恶的暴行时，都不可能忍耐，至少她们绝不会像小眉这样默默忍受毫无反应。而任何一个男人在发觉到自己爱着的女人并非想象中的那么纯洁美好后，也都绝不会用如此残酷到人性殆尽的手段来折磨来惩罚对方，即便她非受到惩罚不可。也许因爱之深而引发恨之切，做出诸如同归于尽的不明智的结果，然而死只是短暂的，而小眉的生活却是生不如死，又欲死不能。

在这其中也许小眉也有做得不那么明智的东西，因为假如小眉能勇敢地捍卫自己所应有的尊严，假如小眉能勇敢地起来与我的暴行进行抗争。明白地说，一方面是小眉的懦弱助长了我罪恶的念头，使我在罪恶和沼泽里越陷越深；另一方面是我表面看似体魄强壮，实则心里却十分脆弱，我必须要寻找一个发泄对象，以证实自己的精悍。

她一如一只自己豢养的小猫，任凭我的折磨与摆弄，就是在当她有时真正感到失去一个做人起码的权利与尊严时，也不过是"喵"的一声低吟，以示反抗。

第二天，无计可施的小眉以买家具为由，回家向父母借钱，然而她却垂头丧气地空手而归。原因很简单，买家具是要等我俩结婚的时候，而且目前我俩结婚根本就是不可能的事，她父母拒绝的理由显然很充分，他们并不是不给。这是小眉第一次瞒着我去办事，在我的印象中，她回来时的样子沮丧到了极点，我并没有怪罪于她，我渐渐地感到自己每次对她谩骂与污辱后，我的心其实也随之会很痛很痛；何况我也知道尽管把所有怒火都烧在她的身上，结果也是无济于事。

日子仿佛拖上沉重的枷锁，行动迟缓地惴惴不安地熬煎着我。

一日早上，我叔叔突然来到我俩的住处，我还没起床，小眉给他开了门。

一进门，他便急促地支支吾吾地问小眉，"冬生……冬生他怎么啦……"

"他还在睡懒觉哩。"小眉一面往脸盆里舀水，一边朝床上努努嘴，有些羞涩地回答道。

我慌忙从床上爬起来，并向他打了个招呼。

"叔叔，这么早进城有事吗？"

叔叔见我，并没有回答我，而是用令人难以捉摸的目光盯住我。

"……冬生你没出事吧？"

我不免一阵心悚，但借穿衣之时，掩饰了自己的表情。

"叔，我不是好好的吗？"我故作镇定。

"可他们……"叔叔依然是那种令人难以捉摸的表情："可他们说你出事了。"

"他们怎么说？"我当然知道叔叔能指的"他们"是谁，我叔叔一般不会外出的，他指的"他们"，肯定是村里的人。

"他们说你被公安局抓去了。"叔叔拍拍自己的后脑勺，表情渐渐变得明朗起来，"好，你没事就好了，当时，我还真以为是真的哩。"

"叔，人家真的这么讲？"

"还不是吗？都传得上下几个村都知道了，你爸爸这些天一直闹胃痛，昨晚硬要我今天来看看。冬生，这样就好了，不然，你哥哥刚落土，你又……"他瘫坐在椅子上，长长地松了口气。

我穿好衣裤，给他递了根烟，并点上火，他一下子就笼罩在烟雾之中。

"叔，我妈妈好吗？"

"在这个时候，还有好吗？你姐夫他们明天也要回部队了，这样情况就更不好了。"

"叔，以后拜托你多去照顾他们。"

这时，他吸了最后一口烟，把烟蒂扔在地上用脚用力地碾灭；然后神秘兮兮地朝洞开的门口看了一眼，见小眉已经出去时，才低声地说："他们说小眉利用工作之便贪污公款，还讲是你指使她干的，讲得有板有眼，叫人不得不信，真有这事吗？"

我想小眉贪污公款的事纯属子虚乌有、空穴来风，那肯定是柳镇的事外面已有了风声。只不过是在传话中走了调而已。

"叔，你看小眉是这种人吗？"我的心里在心惊肉跳，可话依然是很平静。

"叔并不是怀疑她，可毕竟是人言可畏啊！事情偏偏又在这个时候；冬生，你也该回部队去了，你爸爸听人家道这说那，脾气也变得越来越坏了，整天找茬跟你妈吵，而你妈只有哭……"

说到这，小眉买了早点进来，叔忙住了嘴……

公安局一次次传讯小眉，小眉回来的神色一次比一次令人担忧。最后，公安局向小眉发了最后通牒：如果不在三日内将钱如数退回，就要将此事移交我所在部队处理。

我终于意识到问题的严重性了，于是，干脆就将此事直截了断地告诉了小眉父母，期盼着他们能有锦囊之计。

她的父母听了这事，首先对我与小眉大发肝火，数落我俩做事不计后果，并表示他们会对此事不闻不问听凭自然，过后却又忙不迭迭地带着我俩四处活动。法院、公安局、一些问询处几乎都跑遍了，然得到的回答几乎是清一色的，全都是刑侦队长的翻本，话也只是三言两语，语气中似乎还夹杂着不屑。

她的父母开始动摇了。

"事情到了这步田地，你还能有什么办法，还是先将钱给退了吧。"她的父母心灰意冷地说。

"退钱？"我疑虑了许久，摇了摇头，"如果是这样的语，又何必东咨询西打听呢？"

"不然出了事你怎么办，你还赚麻烦不够多吗？"她的父母带着深深的责备对我说。

"这件事，既然已轰动了全城，我们只有死死地顶下去。"我坚决地摇摇头，"那怎么办？"小眉通红的眼睛焦灼地望着我。

"……钱是绝对不能退的，一退了钱就证明否定了自己正义的行为，这钱就是进了监狱也不能退！如果你们害怕，那就把所有的责任都推到我的身上好了。"我坚决地说。

小眉有些激动地站起来，仿佛一位能为朋友两肋插刀的哥儿们，说："进监狱，也让我去！"

我被小眉激动的情绪所感染，也站起来，深情地望着她。

"不行！小眉，倘若我真出什么事，你一定要坚强起来，另外找个男人，我不会责怪你的。"

小眉激动得哭了起来。

"你怎么还要讲这种没头没脑的话，难道我是那种没心没肺的人吗？"

"现在都别争谁负责任的问题，我们应该平静地考虑一下对策。"她的父母瞪了小眉一眼，说，"可事情应该怎么办才好呢？"

"也许事情并不像我们想象的那么严重，我是军人，这案子是要移交给部队才能处置的。我想或许有人会站出来为我们鸣不平的，何况我们现在还应多加咨询，譬如城里有没有熟人可以帮我们——"

她的父亲没等我把话说完，猛然醒悟般地讲："我怎么竟把他给忘了呢？"

她父亲指的他是某律师事务所的老周，他俩从小一起长大，而且曾是同事。

老周对我们的态度与前几次遇到的截然不同，他热情地招呼着我们，除了仔细给我们讲解案情外，还提醒我们：小眉在与那男人关系暧昧的日子里，是否怀过孕？坠过胎？如果有过，那这笔钱就可以作为营养费，就有不退的理由。

可结果小眉当即否定。

回来后，我们软硬兼施，小眉却一直跺着脚，捂着耳朵，连声直嚷："没有……没有……"仅存的一丝希望化作了泡影。

我一直认为自己并没有错，就是现在我也是这么认为的。这私了是他自己先提出来的，而且是心甘情愿的。不应把钱退给他的想法在我的心中曾动摇了几回，很快地又推翻。若不是为她的父母，我宁愿蒙冤坐几年监狱，也绝不可能将钱拱手退还的。

处境一天天艰难起来，我也一天天地孤立起来，王伟国夫妇也避瘟般地躲开我。在我的背后，不时有人指手画脚，不时有人在幸灾乐祸地嘲笑。

公安局的三天限期转眼过去了，他们再也没有敦促我们退钱。后来的几天，出奇地平静，平静得让人感到毛骨悚然，平静得让我闻到了不祥的气息。

果不出所料，一天，刚下班的小眉带来两张熟悉的脸孔，他们分别是我所在部队司令部保卫科的王干事与我所在连队的杨副连长。

我镇静地迎上来，伸出双手，等待着梦中那副闪着寒光的手铐。

可令人疑惑不解的是，王干事反是用双手握着我的手，并异常热情地说："小王，你真会享受啊，是不是乐不思蜀了？"

我惊懵了。

"王干事，这……"

王干事给我一个神秘的眼色，并朝莫名其妙地呆立着的小眉瞥了一眼。

"小王，这次司令部派我们来，是由于目前流感闹得很凶，而我部还有很多战士不在队，司令部恐怕你们卷入这里面，才决定派人逐个把你们找回去，以免不测。况且，你复员的报告，司令部也已经批准了。"

小眉入迷地听着，脸上开始灿烂起来。

王干事很明显地在安抚我与小眉的心，他很有修养也很有分寸地避开主题。我很清楚地知道这事并不会那么简单，可又不想让小眉看出什么破绽，干脆顺水推舟。

"是啊，我们也是天天在看电视，看来这次运动不像是那么单纯。"接着，我回头吩咐小眉，"小眉，快去买几个菜，王干事他俩是稀客中的稀客，我们应尽点地主之谊。"

吃饭时，我们谈得很开心，好像就根本没有什么事一般。饭后，王干事他俩起身告辞，说还要对几位战士进行家访，让我准备一下，过两天跟他俩一同归队。

这个世界虽然错综复杂，甚至有时自己还有些愤世嫉俗，但一定是好人多，譬如吴菲、护士，还有眼前的王干事与杨副连长。我想。

我没有理由不去感激王干事他俩，因为是他俩，小眉才有这么开心这么兴奋。两天里，我用自己的全部身心去爱她，但每次看到她那无邪甜蜜的笑意时，心中就会有撕肝裂胆般的疼痛。

临走的那晚，我的小眉……我们在磨难中相爱了整整三个年头的小眉、默默地承受着我惨无人道虐待的小眉……我从来没有看见过她这晚的那个样子。

"小眉，你能……再给我唱一次《故乡的山坡坡》吗？"我倒吸着酸溜溜的鼻子，说。

"冬生，你怎么哭了？"

"我是高兴，高兴也会流泪的……小眉，我们马上就可以不受约束地厮守在一起了，你不觉得高兴吗？"

"不……冬生，我看见你眼泪不是由高兴引起的，它包含着不幸、凄苦与绝望。冬生，告诉我他们究竟是为什么而来的，他们又会对你怎样？"

我努力克制自己真实的感情。

"小眉，那天你不是都听见了吗？"

"你是在欺骗我，冬生，"小眉悲怆地哭泣道，"这几天，你一直有心事瞒着我，对吗？"

"别瞎猜乱测。"我故作生气的样子，推开藏进我怀里的她，话题一转，"小眉，过去……很对不起你，你能原谅我吗？"

"只要我们能在一起就够了，可我……我为什么总感觉到在你的微笑中，有苦难的厄运即将降临的气氛呢？冬生，我的确有这种预感，我好害怕啊……"小眉如一受了惊吓的小孩，重又扑进我怀里。

"这种预感肯定是种错觉，"我紧紧地搂住她，用下巴摩擦着她的秀发，"小眉，明天我就要走了，到回来少说也还有几个月。不要用伤感与疑虑来破坏我们的情绪，好吗？你就给我唱吧，用歌声来驱赶你心中不祥的乌云。"

小眉含着晶莹的泪水，抬头深情切切地望着我，开始唱了起来：

故乡的山坡坡

勾起我回忆那么多

妈妈的被窝窝

温暖永留我心头

爸爸的叮嘱

…………

唱着唱着，那美妙悦耳的歌声成了凄凉的没有希望才会有的那种哭声。

那晚，我那件衬衣的肩膀与胸口，都被她的眼泪打湿了。

第二天，也是这种情形，甚至还更糟。走到车站，我一直不忍瞧她。她的嘴唇被咬出了一道道殷红的牙痕，眼睛哭得红肿，脸上一丝表情也没有，好像一位精神失常的病人，当上车的铃声响起，她就扑在我的胸口，双手紧紧地勾着我脖子，仿佛一松手我就会消失一样，浑身如打摆子似的不住哆嗦，好比一株快要被吹倒的树……王干事在劝她，周围的人用各种目光注视她，但这一切都是徒然的毫无用处的。她的脸依然紧紧地贴在我的胸口，好像一片树叶，飘飘荡荡。

"坚强点，小眉，我们都应该高兴，因为这是我们最后的一次离别。"我贴近她的耳朵，规劝道。

其实，我的内心又何尝不是和她一样，几次晕厥差点让我倒下。

"冬生……你……一定要回来……"她一面说，一面哭，每吐出一个字都抽一口气。

我本来已经是心碎了，可她还要这么说，泪水随着我灰白的脸颊扑簌簌地滚了下来。

因为我预感到这次的哭别，是一次真正意义上的生死离别。

时间不容我们再讲些什么，我轻轻地推了她一把，但她已站不住脚了，竟一连后退了数步。接着，又伸出双手，扑了过来。

"人家有这样分别的吗……再让我好好地看你一眼……好

吗？"我哽噎着说。

我又抱起她，我看我俩都疯了。

我的心如撕裂般地呻吟，我无力迈开离去的脚步。

终于，我不顾一切地捧着她的脸吻了吻，她的嘴唇冷得像块冰。我耳语般对她说："原谅我。"便跳上了车。

车刚驶出车站，我就看见小眉站在出口处的街道上，踮着脚尖，在向我招呼。她的嘴唇如一张白纸，在不住地哆嗦着。我探出身子，向她挥挥手。她跟着车，一边跑，一边舞动着双手。

我默默地回顾着她，直到她那单薄的身影被人群彻底淹没。

# 二十四

　　火车徐徐地驶进车站，我才从很遥远也很恐怖的梦幻中醒过来：这已是深夜了。

　　在车站阔绰而冷清的广场上，早已有一辆吉普车在等着我与王干事一行。

　　到了部队营区大门口，只见老政委手持长长的手电筒，仿佛一株杨树般在风中伫立着。

　　王干事与杨副连长几乎是同时向他敬了军礼，"报告政委，王冬生已经带到，请指示！"

　　"你们辛苦了，快去休息吧，把他交给我好了。"老政委长辈似的拍拍他俩的肩，说。

　　等王干事俩人的背影消失在浓浓的夜幕中后，老政委庄重地回了个礼，然后转身望着我，摇摇头；一会儿，又叹了口气。

　　"小王，我真为你感到惋惜，不过我还是要告诉你一个好消息，你的小说《迟到的爱》荣获全国青年文学作者大奖赛二等奖，获奖证书我先给你保管着。"他把手搭在我的肩上，又说，"走吧，先到招待所住下。"

　　我忐忑不安地尾随着老政委，来到招待所。他亲自为我安排好房间后，语重心长地对我说："小王，我知道你很有些才气，可千万不可以跟我们玩文字游戏。一定要一五一十地交代事情的经过，否则，对你不会有好处的，懂吗？"

　　我咬着麻木的嘴唇，"嗯。"

看来情况的确不妙。

政委一走，果然就有两名战士卷着被褥，也住进了我的房间。不用说就可以猜到他俩是政委派来对我实行看管的。

第二天，保卫科科长到了我房间，同两名战士一起查收了所有的行李物品，仅给我剩下一些日常生活用具，诸如牙膏、牙刷、毛巾等。他还把一大沓公文纸扔给我。

"王冬生，现在我正式宣布对你进行监视居住！"科长的口气是严厉的不容更改的。

"科长，为什么监视我？"

"现在我们还不能肯定你是否触犯了刑法，可你应该相信组织，我们办案向来是以事实为依据、法律为准绳的，绝不会冤枉一个好人。冬生，你首先必须将这两个月来的去向与所作所为，作一个细致的交代，交代材料，我明天来取。"科长又转身对两位战士严肃地说："你俩一定要认真履行自己的职责。"

科长的话，令我如坠入云雾之中。他们监视我，无非是由于柳镇的那桩事，那可是近半年以前发生的事了；而科长却要我对近两个月所做的事作交代。这两个月中，自己究竟干了些什么呢？我想他们一定是怀疑我超假了，因为我平时总爱发一些牢骚讲一些对现实不满的话。又能交代些什么呢？叫我写如何虐待小眉？这就更没有这种可能，小眉连自己的父母都要隐瞒，又怎么会让部队知道呢？何况即便如此，我的境遇也不可能如此，最多也不过受些教育与批评。但眼前发生的事是真实的。

我最后还是写了，写的是近半年前发生在柳镇的那件事。这份所谓的交代材料，其实是申诉是辩解，我甚至把自己真实的情感已写进其中。

我并没有等到第二天科长来取。写成后，当即托其中的一位看管战士，上交到保卫科。他回来后，告诉我科长出差了。

晚上，我做了一个至今都还感到毛骨悚然、战栗不已的噩梦。

我梦见自己误入了铺满枯树败叶荆棘密布的丛林，隐隐约约还不时听到狼嗥虎啸：惊骇之余，我发现了一条仅只能算是路的路。于是，我仓皇地艰难地跑下去，谁知道这路愈走愈狭窄、越走越黑暗、越走越泥泞。最后，终于消失在阴沉斑驳的树影中。我掉头往回跑，想顺着原路逃回，竟又看见一堆团在一起，昂着扁扁的头颅，吐着鲜红信子的毒蛇，挡住了自己的回路，并发出嘶嘶的怪叫向自己扑来……

"王冬生，你怎么啦？你快醒醒，冬生……"迷蒙中我听见看管的两位战士惊慌失措的呼唤声，并在拼命地摇晃着我的肩膀。

我惊魂未定心有余悸地紧抓住被冷汗打湿了的被子，像抓着一帖救命符，咬着下唇，极力控制着内心深处的惊惧与慌乱。人有时是需要封闭自己真实感情的，此刻，我不希望自己沉重的惊慌流露出来，更不想让别人看见。否则，自己会像快要溃崩的河堤瞬间一泻千里。

交代材料一交上去，我就焦灼地企盼着上面能尽早对自己做出公正的裁决。因为平静对我来说是恐怖的坟墓。不是我生性喜欢热闹，甚至有时我还奢望过平静。可这时的平静，却令我害怕。在这种平静中，我脖子上仿佛被架了一把无形的却闪耀着阴森寒光的利剑，和一个即将落下的打着死节的绳套；在这种平静中，我的身后仿佛有鬼魂在跳舞、在狞笑。我愿意轰轰烈烈地去对待绝境，我愿意轰轰烈烈地去面对绝望甚至是死亡。

可是，这种如阴霾天气里阴森森的不着边际的雾气般的平静又降临了。在他们的眼中，我竟如空气一样不存在似的，并没有一个人来过问一声。我的行动起居都被严格地管制起来，我终于品尝到了一个犯人的待遇。好在我在小眉身边时已经修炼了一种足不出户的上乘功夫，对此也并不感到有多少不适应。否则，我一定会发狂的。有时，偶尔有几位老乡从后窗户给我几句安慰，或托看管战士捎来只西瓜，我也会兴奋几天。人这东西很古怪，同样是罪犯，政治犯在有些人的眼中乃是英雄，而强奸、偷窃、诈骗就绝对引不起人们的半点同情了。我自己也是如此。当时，那几位还能冒险来安慰我的老乡，他们也一定不知内情。后来有人告诉我，他们都认为我是因超假而被监禁的，否则……有位老乡甚至在后来我出来后，曾当面表示因来安慰过我而感到后悔。

不久，小眉来了封信。看管战士把信交到我手中时，信唇已被撕开。他告诉我对所有禁闭审查的人员，外来或出去的信件一律要经过保卫部门的严格审查。

小眉来信责备我，为什么回队这么久也不给她写信，还告诉我这些天来，她感到身子有些不适，到医院一查，方知有孕了。字里行间，吐露出一种将为人母的快感与骄傲。

这个消息，给我带来阳光，同时，也增添了我无可名状的惶恐与不安。我反复考虑怎样给她回信，可终于还是没有写成。

我想等事情有个结果后，再给她一个解释，她会理解的，也一定会理解的。因为爱的力量是无限的，总能改变一切。

日子平静得仿佛是狂怒后的大海，变得风平浪静，变得耐人寻味。

我爱小眉，爱得能把阴暗的天空变得阳光灿烂，可在这种平静的没有希望的日子中，却变得战战兢兢。这种变态的日子，给我的爱蒙上了一层难以排遣的阴影。但我依然不敢相信，自己一旦失去了小眉，是否能经受得了这残酷的致命打击。

一天，看管战士又给我送来一封撕开信唇的信，信是小眉的父母写来的。信里的内容除了责备还是责备。他们错怪了我，可我没有力量去向他们解释。

不知又过了多久，科长那熟悉的身影终于出现在我的眼前，他带着仆仆的风尘，仿佛是刚经过长途跋涉似的。

我饱着希望与激情向他迎上去。

科长连看都不看我一眼，而是严肃地扫视了一下两位看管战士。命令道：

"马上收拾东西，把王冬生带到禁闭室！"

科长这句简促而又有力的话，雷击般地击穿我的全身。我久久地凝视着他的背影，脑子中一会儿是乱糟糟的，一会儿是空洞洞的，似乎想得很多很远，又好像什么也想不起来。

科长随后来到禁闭室，腋下还夹着一大摞案卷，脸如石雕般僵硬，他在铁栅门外的一张固定着的椅子上坐了下来。

"王冬生，经调查，你的确已构成了敲诈罪！"话音仿佛子弹般，掷地有声。

"……什么……"

"你不用解释……"

我在仅两平方米的禁闭室里，如困兽般地打断科长的话。

"科长，那么敲诈的定义是什么？"

"以非法占有为目的，对财物所有者或保管者实施威胁或者要挟的方法，迫使他人交出财物的行为。"

科长并没有因我打断他的话而生气。

"我没有以非法占有为目的；况且，这是他自己先提出来的，更何况我开始根本没有想到用钱来私了此事，而只是想出出这口窝囊气！"

"你是否曾恐吓过他？"

"没有！"

"那你是否讲过小眉的姨夫是法院副院长，你是受他指派的？还有……"

"……"我不知道为什么他会知道的竟这么多。

"王冬生，你现在的辩解，一切都是徒然的，我们决不讲没有依据的话。告诉你吧，这次上级派我到你的家乡作了一次细致的调查。"科长一边说，一边翻开案卷，"你的报复心理，虽然事出有因，但你错了，当时小眉与卢恒达的暧昧关系犹如恋人们那样简单，尽管小眉出于一种迫不得已的心情，但她并没有用法律来保护自己。你看，这是杨小眉的签字。况且，就你几年内私自离队……"

我血红的双眼死死地盯着那张签有小眉字迹，并盖有小眉猩红指印的字条，"小眉"这两个字从我的牙缝间蹦了出来。"啪"茶缸打翻在地上，破碎的声音，就像放肆的嗤笑，使我在寒栗中陷入了更深更彻底的绝望。

绝望把一切温情与柔意化为乌有，我的爱仿佛断了线的风筝，飘晃着掉在泥泞的地上。对小眉空前的厌恶与憎恨到了极点。

面对着这间狭小的潮湿的发出阵阵刺鼻臭味的禁闭室，我迷蒙无神的眼中，又出现了两条白花花的身子在抽搐着……我不敢睁开眼，一睁开眼便是一片令人作呕的丑景。恍惚中，我总像听见一声比一声更为肉麻的呻吟与喘气，从灰白的墙壁上迸发出来，我觉得自己血管里的血液在倒流，似乎还马上要破肤而出，而胸中那团火在上下乱窜，又在四周的墙壁上荡来荡去。终于窜到嗓子，嗓子顿时一阵焦煳的甜味……"哇"的一声，那团火从我的嘴里喷射而出……渐渐地，我的眼中只剩下一片玫瑰色……

"……冬生……快……医生……"科长大惊失色，语音颤抖。

我心中的精神支柱终于倒塌了，任何人也承受不了这致命的一击。我躺在松软的病床上，尽管医生日夜轮班守护着，可他们面对我不住地呕血，却束手无策。因为，我不容任何人走近自己。我的思想仿佛溃退的军队。而唯一能令我感到有活着必要的，只是如何举起心中锋利的长矛去刺杀小眉。

我支撑着瘫软的肢体，花费了整整一天的时间，用了几乎是生平所积累的所有龌龊痛恨的词汇，给小眉写了封无可挽回的绝交信。

血继续在心中翻腾，即使是医生用强行的手段给我治疗，仍止不住。我封锁自己所有的思想，收拾起自己感情的碎片，静静地等待着死亡的来临。

生活在经历了这场动荡之后，又恢复了平静。外表的悲伤、疑惑与愤怒沉淀了，只是有时还会像海底不易被察觉的地震，在我脸部掀起瞬间就会消失的涟漪。

没想到就是这玫瑰色的血，使我逃脱了监狱的高墙与那非人的悲惨的生活。

当我颤抖的手歪歪扭扭地在保外就医的单上签下自己的名字时，心中的绝望又变成了一种狂热的复仇欲。然而，这种微妙的心理，却没有躲过老政委那双锐利的眼睛，他除了继续派人看管我外，一有机会就开导我。

我虽然已经恢复了自由，但还不时受到暗中的监视，要逃跑是不可能的了，我不是没有逃过，而是跑了几次都没跑成。也幸亏没有跑成，不然我会铸成更大的甚至回不了头的大错，不然我也许就不可能在这里与你谈话了。

就这样，在浑浑噩噩中熬到了复员。

这时，复仇的狂热已经降温了。有时，甚至还在天边无际的黑暗与山呼海啸般的绝望中，发觉还是只有小眉的爱，才能给自己一些精神上的安慰与支撑。

# 二十五

我终于回到了这个让自己流泪，让自己幸福，让自己甜蜜，让自己痛苦，让自己日思夜想怀念不已的县城。车一进城，我就仔细浏览马路上来去匆匆的人流，渴望着小眉的身影能撞进自己的视线。一出站，我立即跑到小眉时常在等待的地方，我看见的的确确有位左盼右顾的女孩；然而，她并不是小眉，虽然她也那么惊喜地急切地向自己这个方向奔来，却是与自己不打一个招呼地擦肩而过；等到她挽着一个身材魁梧的男子，亲密无间有说有笑地向远处离去时，我才发现自己神经质般地呆立着。

我失望了。

我不知道自己为什么没有在县城逗留，哪怕是一小会的逗留，就匆匆地把自己塞进开往老家的班车。

走进村里，一切的景物依然，可我发觉村里的人都不约而同地向我投来惊惧的目光，那目光如同锋利的刀剑倏倏地直刺我的脊梁。我肯定他们所惊的是为什么我会突然神秘地在这块土地上冒出来；所惧的是我的到来会不会给村人带去灾难。因为，在他们的心目中，我早已与杀人、放火、强奸、抢劫犯没有什么区别了。

我没有力量去抗拒这种目光，也没有思想去解除他们的惊惧，可我不得不低下头来。

家中很冷清，只有爸爸一个人孤零零地坐在大门的门槛上，一双浑浊的眼仰视着上苍，干瘪的下巴一颤一颤的，仿佛在向上苍默默地祈祷些什么。几个月未见，他竟苍老如村口那株一天天干枯的白果树。此刻，我多么想扑上去，拥抱他，向他倾吐心中的痛苦与委屈。

可我没有这样做，心里的冲动不一定要表现在行动上；我只是小心翼翼地在一旁呆立着，我不想去打扰他美好的祈祷。

当爸爸发现我的存在时，脸上闪过一丝从来都未曾见过的很奇怪的笑意，可一转脸又把笑意藏了起来。

"冬生，你是逃出来的吗？"

话冷得让我的心直哆嗦。

"不，爸爸，我退伍了。"

"你不是从劳改队里逃回来的？"

"不是的，爸爸，我真的是退伍回来的。"

"……"

爸爸用难以置信的目光打量着我，自言自语着："这是怎么回事？这怎么可能呢？"

"爸爸，难道你还不相信吗？爸——"

"你还回来干什么？"

"爸……"

"你还嫌给家中带来的灾难不够吗？"

"……"

爸爸扶着门框艰难地站起来，气得用患了颤抖病般的手指戳着我。

这时，妈妈拎着一桶猪食过来，她的目光一落在我的身上，就呆住了。木桶慢慢地从她的手里滑了下来，猪食洒了一地。

"妈……"

我顿时感觉自己变成了一个受了很大委屈的三岁顽童，扑过去，抱着她。泪水开了闸般滚了下来。

"妈，我回来了，妈……"

"……冬生，真的吗？你真的没有被判刑？"

"妈，我是退伍回来的，你看……这是我的退伍证书，妈……我真的没有被判刑……"

妈妈把盖着部队鲜红印章的退伍证书递给爸爸。

"冬生，这就好了，回来就好了……"

这一夜，妈妈哭泣着给我讲述了许多我意想不到的事。

她讲我走后不久，村里就风传我被抓走了，而且被判了八年徒刑。开始，他们也并不怎么相信。后来，果真有公安局里的人找上门来，打听我与小眉之间的事。

她又讲从此之后，爸爸就一病不起，病情日益沉重，在姐姐及亲戚的资助与规劝下，才住进了县第一人民医院。住院期间，小眉经常去探望，还帮他修指甲、擦身……甚至还以儿媳妇身份在晚上去陪护……

妈妈是一边凄怆地哭泣着，一边向我讲述这些事的，以至于她不得不断断续续。

"冬生，你可不能对不起小眉啊，这样的姑娘你往后到哪里去找，妈妈也知道她曾做过傻事，可你却更傻……"妈妈重重地抽了两下鼻子，用衣袖擦擦已经红肿的双眼，抓过我的手，又说，"妈求求你，向她认个错，即使在她面前求也行。冬生，你爸爸常向我大发脾气，说你是从小让我给宠的，你一定要为妈妈争口气啊……"

最后，妈妈又给我讲了即使是我最伤悲的时刻，也能给我一些欣慰的事——春辉终于不负众望，考上了大学。

晚上，无邪的好梦欺骗了我——我似乎是在草坪上，坐在小眉的身旁，待我想去搂抱她时，她却消失了！——我惊醒后，一泓泪水从被压抑的心中涌出，我面对着漆黑的未来绝望地哭泣。

第二天一早，我没等妈妈起床，就悄悄地走了。我给妈妈留下便条，就说我有个战友聚会。

到了县城，我躲进税务局城中所斜对面的一家个体书摊，选了一个隐蔽但视界宽广之处。这是个星期天，马路上人头攒动，早上的书摊却显得特别萧条，除了偶尔有一两个学生模样的年轻人进来粗略地浏览一下外，就只有我了。

这时，我想起了小眉，恩恩怨怨、羞耻、悔恨萦绕在心头，如今更增添了几许关切、困惑与不安了，而内心迫切要知道的一件事是——小眉现在怎么样？

其实，我心中除了异乎寻常地想见到她外，也有一种害怕见到她的心理。这种似乎是不合逻辑的想法，现在你一定能够理解。因为我既害怕看到她轻松的样子，又不忍看到她痛苦，更害怕她会把自己当成路人，或者引起她的疑惧。

可事情尽管如此，也无法驱除我内心强烈的欲望，除非能一辈子将她从心底抛却，从此断绝此念头；否则，就应该不顾一切地去见她，去求她，重新让她点燃起爱的圣火；倘若不然，未来漫长的岁月里，或者对月怀人，或者午夜梦回，这一个横亘在自己胸中如肿瘤般的悔恨与内疚，将会凝结成一个永远也难以消释的铁块，沉淀在心底，折磨自己的一生。

于是，我想见她的那种冲动越来越强烈了。想马上见到她，把自己的心掏出来。不过，在这种强烈冲动的背后，我又强迫自己去想起那盖有猩红指印的小眉两个字。说句心里话，那时我已从内心深处不再去追究小眉的任何事了，只不过我心中有个不祥的预感：小眉是不是会对我彻底绝望而另有钟情？倘若真是这样，我的悲哀也许会化作流血事件。这的确不是我所盼望的。因此，只有强迫从这方面去想，心里才会得到一些平衡。

我向店老板讨了杯茶，细细品味着，茶沏得很浓，就像是在品味自己这几年来的人生。我让凌乱的思绪作了个短暂的休息，重新再想时，就比较有头绪了。

总之，我认为跟小眉见面，即使引起她的恐惧，也不过是一时的。恐惧不在于见面的本身，而在于见面之后会不会发生什么。见面的情形也不外乎下面几种：一种是她提起往事，淡然处之；一种是触动悲恸，痛哭流涕；一种是抛却往事，形同路人；再一种就是旧情断而复续。

当然，我与小眉的关系有了很大的变化。现在，主宰我俩关系的不在于我，而在于她。

在这种繁繁琐琐的思绪中，我一直等到中午，可小眉依然没有出现。于是，我决定到吴菲家去打听她的下落。

吴菲对我的突然出现，并没有多大惊奇。她在院子里一边仔细地晾晒着衣服，一边爱理不理地冷冷地回答我。

"我也不知道。"

"吴菲，求求你，告诉我，你们是好朋友，一定会知道的，吴菲……"

吴菲冷漠地用眼挖了我一眼，依旧自顾自地忙乎着，用一种极不友善也极不情愿的口吻对我说："一个月前，她向局里呈了辞职报告。不过，不久前，在电影院门口我还见过她一面，我们也并没说什么话。"

"她怎么样？"我急切得几乎是哀求了。

"和她在一起的是一个脚部有残疾的男子，那男人我并不认识。我还听说她父母以死相挟要她嫁给另一个男人，我想就是他了，我为小眉感到悲哀，她的这一生竟会如此悲惨。自此以后，她的情况我就不知道了。冬生，如果没有其他的事，请你走吧，我只能告诉你这么多。"

眼前，吴菲对我的不屑与淡漠我可以不顾，但我不得不顾那与小眉在一起的那个男人。

听了吴菲的话，我心中涌上一股势不可挡的寒流，就像落进大海里，眼看着就要抓到一块救命的薄板，谁知又被滚滚的巨浪将薄板推远；又如一架失去操纵的滑翔机，从茫茫的云海上一下子扎进阴惨惨的深渊，脚底如同踏着一片虚无。

从吴菲家逃出来，我不知该走向哪里，只感到这个县城沉浸在一片陌生恐怖之中。心中只有一个念头，离开它，离开这个讨厌的黑暗的没有人情味的地方。

我感到了胸中产生了可怕的空白，仿佛五脏六腑都被挖空了，而这个空白，只有小眉才能把它填满。

我又回到了部队所在地，一个原来关系密切的农民收留了我，他们很欢迎我的到来。因为在当时，我曾常常为他们诊治一些小毛小病，而且效果不错。

我干脆就在他家开了家诊所。诊所一开张就招来许多病人，在繁忙中，对小眉的思念似乎减轻了些。然而刚过两个月，当地工商税务卫生等部门联合找上门来，以无证行医为由罚了我三千元钱，并勒令我立即离开当地，否则，就要转给公安部门处理。

我在一片挽留声中整好自己简单的行囊，我不得不走，我怕公安不亚于老鼠怕猫。

可祸不单行。在 T 市，我的旅行包被窃，那是多么难挨的日子啊！在这认钱不认人的时代，在这无亲无故的地方，我仿佛成了一只迷失方向、伤痕累累的夜莺。

由于没了钱，要乘车是绝不可能的事，偏又生就一副倔脾气，不愿与乞丐为伍。所以，我必须走。一路上，饥肠辘辘，眼冒金星，双腿发软。那诱人的香气，不时从路旁的饭店飘出来，看着一群群油光滑面打着饱嗝的人从里面走出来，而我只能偷偷地咽下自己渐渐干涸的口水。

到了市郊天已黑了下来，我闪进一家茅房，钻进茅房的稻草堆中，疲惫使我很快地入睡了，但到了后半夜，被饿醒后就再也睡不着了。我坐了起来，试着松开按在腹部的手指，可手指却僵硬地绞在一起，抽搐得十分厉害。我不仅感到脑袋在嗡嗡直响，就连整个身子也是一样。

"大概是上帝在惩罚我吧。"我暗自思忖。

黑夜在这四面透风的茅房的周围笼罩得越来越紧了，寒冷与雾气融为一体，停止不动，凝滞起来。我什么也想不起来，什么也不再去想，一切的懊悔、内疚，甚至于疼痛与内心的苦楚全都离我而去，我只觉得自己浑身像筛糠般地发抖；肠子一阵紧一阵剧烈地绞痛，一切都被寒冷与饥饿所统治；而内心的轻松，也不过是一种非理智的麻木所能透悟的解脱的感觉。这是一个令人心寒的夜啊！仿佛是一张黑咕隆咚的巨口吞噬我……我挣扎着，为自己的身体在挣扎着……

徒步又行了几十里，沿路能充饥的，倒是有了，虽然那只是路旁尚未成熟的地瓜。这使我明白了一个小时候就想弄懂的问题，为什么乞丐们总会喜欢农村，而不喜欢城市。

到了S市，我的确是忍耐不住了。心想：这样下去，等待自己的唯有死亡。死，太容易了，只要往火车道上一站或往河里一跳，可只有活着，即使是勉勉强强地活的，才会有希望。于是，我想到身上的一支笔与一块手表，可我招来的却是一种怎样的目光啊！这使我真正看到了什么是世态炎凉。幸好，有人指点我上市民政局，并还宽宏大方地施舍我一毛车票钱。

到了市民政局，那位白发苍苍慈眉善目的局长耐心地听完自己欲哭无泪的哭诉，并验过我从贴身衬衣里拿出的退伍证书后，就把我送到市收容遣送站。

在遣送站里，尽管吃住条件不比犯人好，但对于此时此刻的我来讲，已不亚于人间天堂了。

晚上，我做了许多梦，一会儿梦见自己与小眉在一起的有些情形，一会儿又梦见失声哭泣着的妈妈。惊醒后，我极力去摆脱种种纠缠，扪心自问：小眉会置我于不顾吗？不！不会的！由于这种念头的强有力的支撑，我又睡着了。

第二天，局长派人送来路费。至今我还非常感激这位好心的局长，这辈子我也不会忘记他的，我会为他祝福，祝他健康长寿。可遗憾的是我到现在还没有写封信去感谢这位救命恩人，有机会我一定要登门致谢。真的，我要感激的人又何止他一个呢？

回来后，我就再也没有见到过小眉了，就连她的弟弟小光也不在县城甚至连知道他们去向的人都没有；可我心中却没有一刻停止过对她的思恋。碰到你以后，我才证实了吴菲的话是真的，其实我早就该相信了，吴菲是不会骗我的，她也没有必要骗我。我相信，她一定还爱着我，现在她一定过得很痛苦；可我又有什么办法呢？

# 二十六

冬生沉思了一会儿，微微地闭上眼睛，摇了摇头，神情里是抑制不住的满满的无奈。

"建民，我的故事说完了，可我发觉自己对小眉的爱才真正开始；过去的日子就仿佛是一场噩梦，在梦里我迷失了自己，迷失了做人的准则。而现在终于醒来后，一切却已结束了……也许小眉的选择是对的，虽然她并不会爱上与自己结合的人，但她却找到了一个能爱自己的丈夫，被人爱也是一种幸福。但……但没有她的未来，我还有什么可值得期待的呢？"

"你以后果真就没有小眉的任何消息了吗？"

"真的，我去了她所有可能去的地方，打听了所有可能知道她去处的人，结果都是一样的。要么说是不知道，要么干脆缄默不语，我十分清楚，在她的亲朋好友眼里，我根本就是个十恶不赦的罪人，一只凶残暴戾的禽兽。他们有权利去保护她，不至于让她重新羊入虎口。"冬生把头埋了起来，继续说，"他们对我封锁她的消息，这是正确的选择，我没有理由去迫使他们为我做点什么。"

"那她会去什么地方呢？"

"不知道，但不是谁都不知道，就是知道了她的去处，也不会有人告诉我的。其实我是可以去找她的父母了解的，可我还有这份勇气、这个颜面吗？"

冬生抬起头，用陌生的眼神凝视着我，"建民，你怎么可能了解不到呢，她丈夫的父亲不是你的同事吗？请相信我，在我的目光中还有那种兽性吗？"

"我真的一无所有知！不是我不信任你，可惜他在儿子结婚之前就已经退休了，就连我见他的最后一面也是在他儿子的婚礼上见到的。"

我遗憾地摇摇头。

这个时候，如果我能知道小眉的下落，一定会违背张老师的嘱托的。因为，眼前的王冬生，神情之中除了自责与无奈，已经什么都没有了。

"可我现在该怎么办才好呢？"

"我想你应该正视现实，重新振作起来，要么把她彻彻底底忘了，要么把对她的爱化作对未来生活与人生的动力。也许小眉正在不远的地方，默默地关注着你哩。"

"你说我能忘得了她吗？我讲过倘若不是对她深切的爱，恐怕我连活下去的勇气都没有。"王冬生瞪得奇大的眼里，空洞而无一物。

"我很同情你，冬生。"

"你干嘛还要同情我呢？你应该像别人一样谴责我羞辱我，然后再给我几记耳光，这样我还会好受一些。"

"我是对你俩的经历表示同情。冬生，不管怎样，可你都必须正视现实接受现实。"

"有人把对曾经的爱的回忆，比喻成五光十色的肥皂泡，只需那么轻轻一碰，就会砰地破碎；而我对爱的回忆，却成了一块黑褐色的巨大顽石，就挡在我每天必经的路上，撵不走推不去，一堵墙般堵住我的视线与脚步。每天醒来，就能看到它。建民，你能答应我一件事吗？"

"当然，我早就说过，只要我力所能及的。"

"你如果真能把这个故事写出来，请你一定要捎句话给小眉，说我永远地爱她，永远，行吗？建民，小眉只是众多苦难女人之中的一个，在她们的一生中都曾产生过严肃诚挚的爱情，她们为了这个爱所遭受的痛苦，你知道吗？可我们这些臭男人却在自己廉耻仁义的借口下，置这些既不是母亲，又不是女儿、姐妹的女人于不顾。而女人所受痛苦的来源又是谁给予的呢？不正是我们这些男人吗？建民，如果允许，请再告诉那些单纯天真的姑娘们一句话：怀疑他人的险恶总是比相信他人的善良要安全些。这些话我是从一部名著里看到的，但已经记不起来书名与作者了，这话听起来似乎有些逆耳，但我觉得还真有道理。因为，起初的微笑与关心，就可能是一个万劫不复的开始，就可能是使女人痛苦一辈子的源头。"

王冬生的分析并不是没有道理。我认同地点了点头。

冬生从枕边摸出一沓稿纸连同一本红皮本子递给我。

"这是我那即将出版的诗集手稿，还有小眉的日记本，或许对你写作有用。现在就交给你吧，但千万别遗失了，哪怕是其中的任何一页，对我都至关重要。"

我看着渐渐已经平静下来的王冬生，心里像有很多话要说，但只是老朋友似的紧紧地握着他的手。

"冬生，睡一会吧，别再胡思乱想了，这样只会增加你的压力。"我为他递了一杯开水。但他拒绝了。

"好，你也躺一会吧。"王冬生把身体往一边靠了靠，尽量想为我腾出一个空间。听得出来他的声音是沙哑的，憔悴的……

冬生翻了个身，用右手挡住前额，闭上双眼，仿佛是在静思凝想。过了一小会儿，我听到了他发出急促的呼吸声，右手慢慢地从他的前额滑了下来，他已经睡着了；但睡得并不是很沉，哪怕是一点点轻微的声音就会将他惊醒。我按了按有些发胀的太阳穴，却没有一丝丝的睡意，冬生与杨小眉不幸的感情深深地震憾着我的心灵。

我不禁想起不知是出于哪位作家的一段话来，虽然已经不能完全记得原话，但也还能记得住大概来：被一个纯洁的少女所爱，是一种极大的幸福，赢得一颗没有恋爱过的心，就等于是进入一个不设防的城堡。而要被一个品尝过感情纠葛爱情的苦难的姑娘的爱，那更是一个极其难得的胜利；因为她的肉体已沾上污点，情欲灼伤了心灵，别人对她说的海誓山盟甜言蜜语，她都已经听腻，别人对她设下的陷阱，她早就熟悉；那样，她既是再度产生爱情，也会被深深地烙在身上的痛苦所阻挠，就仿佛是曾经被鱼钩伤过身体的一条鱼，她不再相信诱惑。再说，当她被一种炽热的感情所打动，这种感情对她来说一开始像是一种宽恕，后来几乎总会变成一种内心的惩罚；而当她过了一段该受的谴责生活后，突然觉得自己产生一种深刻的不可自制的爱情时，那么那个被她所爱的人就完全可以统治她了。这时刻，她不知道怎样来表明自己的心迹，她会毫无防备地绝对服从所爱的人的任何旨意。而这个男人如果拥有一颗宽容善良的心，愿意去接受既有的残酷现实，就像爱一个纯真少女一样地去爱她，那么他所享受的将是人世间最纯美的最忠贞的爱情；反过来，她就会感到自己被推到了深渊的边缘，周围一片黑暗，没有了温暖，没有了希望，因为她赖以生存的那个人歧视自己，离开了自己，使她看不到面前的道路，看不见还会有人可以弥补失去的一切。她会感到孤独之极，痛苦之极，绝望之极，感到自己已将这个世界完全抛弃。于是，她盲目地服从内心绝望的催迫，纵身跳下无比的深渊，希望在死亡的怀抱熄灭自己的痛苦……

我觉得这段话就是为冬生与杨小眉而写的。现在小眉虽然没有死，而是嫁给了一个自己并不爱的人，这其实要比死有更多的痛苦；就像冬生所说的，她在这场婚姻中，仿佛是一只捡着的找不到食物的孤羊。在这个世界上，原来的杨小眉肯定已经不存在了。

我浏览了一下王冬生的诗稿，看到字里行间充满着的矛盾、绝望、孤独、琐乱。我又打开杨小眉的日记：

×年×月×日　晴

冬生，我终于收到了你这样的信，虽然我知道这不过是早晚而已。因为，我觉得自己已经感受到你狂搏乱跳的心灵，面对这意料中的意外，我还是心乱如麻。我何曾不想爱你啊！你其实早已占据了我这颗心。Dear（亲爱的），我的心在呼唤着你。

Dear，我多么想迅速地接受你，可我不敢欺骗你，我可以欺骗别人，唯独不得欺骗你。我知道告诉你真相后，你会不理睬我，甚至于嫌恶我，我是多么愿意接受你的惩罚，得到你的安慰啊！冬生，我对不起你，但我是被那恶魔……现在我的身子虽然不干净，可我仍然有一颗渴望爱情的真挚纯洁的心。你能原谅我吗？你一定要原谅我，你是我生命的支柱。

**爱你的小眉**

×年×月×日　晴

冬生，你把《揭穿谣言》寄给我，可知你的用心是何等的良苦了。但你理解错了，我如果能真像何美娟那样该多好啊！即使是上帝让我少活二十年，也会心甘情愿的。我现在只想知道一旦你知道实情后，会对我怎么样。你会用宽宏的心宽宥我吗？你会用善良的手抚平我的创伤吗？

冬生，其实《揭穿谣言》给我带来的是更大的阴影，我越来越不知如何去面对你，不知我们的未来会是什么样子。我的心无时不刻不在担惊受怕，告诉我，永远也不会离开我，好吗？

**属于你的小眉**

×年×月×日　晴

冬生，我终于等到了这个幸福的时刻，你拥抱着我，那么紧紧地拥抱着我，还那么粗鲁拙笨地吻我；我的胳膊真的给你弄痛了，我的全身也瘫软了，仿佛置身于一个醉人的绿洲。我多么盼望这个时刻能够变成永恒啊！

当你对我讲"我相信你是纯洁"以后，我的痛苦恰似百剑穿心，多次想鼓起勇气告诉你：可当我一触及到你那颤抖的嘴唇，一看到你那陶醉在爱情中的神情，我又于心不忍。

现在，我想到了死，希望自己就这样在无知中，在你不知道什么叫痛苦中，静静地死去。但我不能这样做，否则，我是多么自私啊！

**永远属于你的小眉**

×年×月×日　雨

冬生，昨晚你是那么激动，我相信你一定还不知道，我也曾被那恶魔这样过。当你在我身旁沉沉地入睡后，我流泪了，可我不敢大声痛哭，只能无声地哭泣，唯恐将你惊醒。

我不能欺骗你，欺骗你就等于欺骗爱情。

冬生，原谅我吧，开始我并不是存心拒绝你的，我真害怕你会马上离我而去，我不能没有你，冬生！你睡梦里笑得是这么甜，我的心却在流血啊！

冬生，我默默地跪在你的床沿，你知道吗？但愿我虔诚的忏悔能够打动上苍，拯救我龌龊的肉体。

冬生，原谅我，好吗？只要你不离开我，我什么都不在乎，但我委实害怕啊……

### 属于你的小眉

×年×月×日　阴

冬生，今天刚下班，女伴来邀我到烈士陵园去玩，不想是她安排我与她的表哥见面：开始我真感到莫名其妙，等他将一封信递给我时，才恍然大悟。我直截了断地告诉他我俩的事，他讲听说过你就掉头走了，样子很沮丧。

冬生，有了你，我什么也不需要，真的，你已经给了我人世间最美好的东西。

属于你的小眉

×年×月×日　阴

冬生，这些天来，我感到身体很沉，上班时腰就仿佛要断裂般酸痛，月经已有两个月未来了，而最明显的变化是在于过分地嗜酸；同事们都以为我病了，可我心中有数。我想，你也一定知道，是吗？

今天，到了县人民医院妇产科一检查，果真是怀孕了，我心中喜多于忧。冬生，你难道不高兴吗？可惜你现在不在我的身边，我的感情只能在没人的地方才能表露出来。

冬生，你讲过如果是男孩，取名为凌；如果是女孩，取名为倩，你还记得吗？愿你做个好梦，给你一个"0"。

你的妻子——我

×年×月×日　阴

冬生，这不是我愿意的，我也不是没有反抗过，可我的力量实在是太单薄了。

虽然医生讲我怀了个怪胎，可我不会相信的，永远也不会相信的。

我被推进手术室，心中直发憷，我害怕的并不是那些闪着寒光的器械与静得如无人般的手术室，而是怕引起你的伤心啊！因为，我们的第一个孩子就要失去了。

孩子是男的，该叫他凌吧，当医生要我在手术单上签字时，我顿时失去了知觉。

冬生，原谅我吧，我也实在是出于无奈的，只要你不离开我，我会给你生一大群孩子的。

**永远属于你的小眉**


×年×月×日　晴

冬生，我今天带了些糖果，去看了一趟公园里那株属于我俩的小松树，我把东西都留给了它。它依然那么郁郁葱葱，我就知道你一定会回来的。

**小眉**


×年×月×日　晴

听春辉说你在打球时不慎崴了脚踝，并住进了医院，我的心也剧烈地疼痛起来，我多么想立即飞到你的身旁……可你同意吗？

**爱你的小眉**


×年×月×日　雨

冬生，你真的叫我心寒啊！想不到你会这么狠心地将一盆冷水浇在我火热的心上。冬生，我了解你，我也痛恨你，我知道你非常痛恨那些不知廉耻的女人，可我是吗？我是被骗的。

主啊！你自己讲过叫人活着乃是灵魂，肉体是无益的，可为何要叫我与冬生这般受难……

小眉

×年×月×日　雨

冬生，我们在自己爱情的道路上，走得很苦，走得好累，走得手酸脚软，走得眼冒金花。我们也都该在这酸甜苦辣与爱的漩涡中冷静下来，去想一想，去量一量。冬生，你究竟想到了什么？是幸福还是悲哀？是阳光还是黑暗？

我想：我们爱情的处境，你跟我一样地清楚；但是，在你的冷眼与讥讽中，我所受到的心灵上的苦痛你却不会知道，也根本想不到。你多次毅然抛下我，而后又回到我的身边，对此我并不感到意外，我可以肯定我们的爱海阔天空。因为，你每时每刻都在想着法子折磨我，你越是这样就越证明你自己也在熬受痛苦。

一边是爱，一边是痛苦，我该怎么办？冬生。

自杀吗？我反正已是一具失去了灵魂的躯壳，一堆没有思想的肉体。但是，我爱你，我想用自己全部的爱来感化你。会有这么一天吗？我不知道。

小眉

×年×月×日　阴

冬生，你可以摧残我的肉体，但你千万别怀疑我对你的爱情……

小眉

×年×月×日　阴

冬生，冬生，冬生，我爱你，我爱你！

冬生，冬生，冬生，我恨你，我恨你！

**一个绝望的女孩**

×年×月×日　晴

我再也想不起自己还要讲些什么，看来我们爱的源泉就要干枯了，我们就要结束了！冬生，你知道吗？我们用千辛万苦而得来的爱，就要结束了。

冬生，等下辈子吧，这辈子欠你的，下辈子我一定还你。冬生，可你要知道，这辈子我的一切都属于你，我永远地爱你……

**杨小眉**

# 二十七

我合上日记本，长长地吐了口气。

"看完了吗？"

王冬生恰巧在这个时候醒了过来，他把汗涔涔的手递给我，借助我的力量将身体弄成半卧状。

"冬生，杨小眉的日记你是如何得到的？"

"那是她亲手交给春辉要他转交给我的，其中还有许多书籍与我的一些生活用品，但没有给我留下书信。"

"冬生，如果我读到的和听到的都是真的话，我理解你为什么会如此痛苦的。

我都不敢去想象你们所发生的所经历的一切。"

"你为什么不劝我去自杀！"

"难道这才是一切痛苦与不幸的彻底解脱吗？冬生，对于你与小眉来说，任何一方的意外只能是在一种痛苦中出来，再陷入一场更无以言喻的更大更深的痛苦中；我现在彻底能明白了杨小眉为什么会这么快同一个自己并不爱的人结婚了，也完全明白了她为什么要远离你的视线，我相信杨小眉的做法是十分明智的正确的；她为了不使这种痛苦蔓延，而选择把一切苦难留给自己一个人承担，她一定也在时刻惦记着你的，惦记着你的健康、生活与未来，再也没有事物可以比对你的关切更加重要的了。"

"建明，你说的也不是没有道理的。可我在这个世界上已没有什么值得我去留恋的了。"

"冬生，如果你真的还那么爱恋她，就应该坚强地生活下去，把对她的爱化作无形的力量；否则，你就违背了杨小眉对你的一腔深情厚谊了。"

"可一切都已经结束了。"

"为什么不说一切刚刚开始呢？冬生，你看外面的天已开始亮了。"

"是啊！外面的天开始亮了，新的一天马上就要开始了，我不知道今天要发生什么。"

"冬生，等你诗集出版发行，一定要给我签上你的大名，我真为有你这样的同学感到骄傲！"我转变了话题。

"建明，到时候还要请你多加指正哩。"

看来王冬生的心情在此时此刻已经平静了下来，虽然我感到浑身乏力，但看到脸色慢慢红润起来的王冬生，感到很欣慰。

一会儿，王冬生翻了个身又睡着了，此时他的呼吸已经均匀了许多。

我为他披好被子，再仔细端详了一下筋疲力尽老同学，便悄悄地推门出来。

迎着那乡村特有的弥漫在空中彩色的薄雾，呼吸着那清新甘甜的空气，似乎有种强烈的情感要破腔而出。老同学，希望你未来的日子一路平安！杨小眉，望你珍重！真诚地祝福你们！

这一刻，我的眼泪莫名地夺眶而出；同时，仿佛又听到王冬生那嘶哑激动的呐喊：

啊！千万不要侮辱失足的女人
谁知道压在她们身上的担子有多沉
…………

　　天越来越亮了，阳光开始照着乡村欣欣向荣的事物，照着开始在田间地头劳作的勤劳简朴的人们，也毫不吝啬地照着古朴的山村那条通往外界的唯一的小路……